Título original en alemán
Die Wilden Fussballkerle: Deniz die Lokomotive

Las Fieras Futbol Club: Deniz la Locomotora
Primera edición, julio de 2013

D. R. © 2004, Baumhaus Verlag in the Bastei
        Luebbe GmbH & Co. KG, Germany
        «Die Wilden Fussballkerle TM & ©
        2001 dreamotion media GmbH»
        Derechos gestionados a través de
        Martina Nommel, agente literario.
        Isestrasse 9, D-20144, Germany.
        Traducción de Rosa M. Sala Carbó
D. R. © 2013, Ediciones B México, S. A. de C. V.
        Bradley 52, Anzures DF-11590, México
        www.edicionesb.mx
        editorial@edicionesb.com

ISBN: 978-607-480-464-5

Impreso en México | *Printed in Mexico*

Joachim Masannek

DENIZ
la Locomotora

Ilustraciones: **Jan Birck**

Barcelona · México · Bogotá · Buenos Aires · Caracas
Madrid · Miami · Montevideo · Santiago de Chile

EL ATLÉTICO HERTHA 05
CONTRA LAS FIERAS CF

El partido acabó y noté una corriente de aire.
Entonces la puerta de los vestidores se cerró de un
portazo y el estruendo nos aisló del mundo exterior.
Antes de que nos diéramos cuenta, nos quedamos a
oscuras y en silencio, tan a oscuras y tan en silencio
como si nos hubiéramos caído en una mina de carbón.

La causa era nuestro entrenador. Se había metido
en la pequeña oficina y su gran cuerpo, de dos
metros de altura, se levantaba ante nosotros.
Su cuello de toro tapaba la ventana
de los vestidores como un tapón de
corcho tapa una botella, y la luz
del sol de octubre se apagó
igual que la de una
luciérnaga en
un día claro.

Yo, Deniz Sarzilmaz, el único turco del equipo, estaba sentado mirándome fijamente los pies. Era lo mejor que podía hacer en los momentos de peligro. Siempre podía confiar en mis pies. Eran como las vías del tren, siempre me llevaban a un destino. Ese día, el del cuarto partido del octavo grupo, el destino fue la portería de Las Fieras CF, esos que visten de negro con calcetas naranja brillante. El Atlético Hertha 05 había ganado los primeros tres partidos de la primera vuelta gracias a mis goles. Gracias a mí íbamos a la cabeza y era yo quien llegó cinco veces a la portería de Las Fieras.

Cinco veces batallé por conseguirlo y ya en el primer intento me había quedado solo frente a la red. Claro que sí. Por eso no pasé el balón. Aparte de mí no había nadie a la vista. ¿O sí? ¿Vendrían volando sobre una alfombra mágica? El caso es que, de repente, me vi rodeado por todos lados. Por todos lados, pero por un solo jugador: el número 8. Juli, se llamaba, Juli Huckleberry Fort Knox. A pesar de que él solito era como cuatro defensas en uno, lo intenté todo. Sin apartar la vista de mis pies, burlé y me giré a un lado y a otro hasta marearme. El campo se convirtió en una acrobacia aérea perfecta. Me caí de nalgas y perdí el balón. En la banda, Friedrich Böckmann, nuestro entrenador, silbó y echó humo como si un camión de agua se vaciara sobre un volcán lleno de lava.

—Es increíble. —Se jalaba los pelos que le

rodeaban la calva, roja como un jitomate—. Deniz, turco cabezón, ¿por qué no pasas la pelota?

Me voltee hacia él.

—¿Pasarla? Maldición, ¿desde cuándo tiene sentido del humor, entrenador? No había nadie enfrente de la portería, no iba a hacer una pared conmigo mismo —gruñí.

Me levanté y discutí con el delantero centro de mi equipo.

—Tú, saco de grasa de Ke...e...e...bab, ten cuidado —lo insulté. No tenía ni la menor idea de dónde había salido ese enojo tan de repente.

En el segundo ataque lo hice mucho mejor. Veinte metros de correr como un tren me mandaron al área contraria y, una vez allí, no me hice de rogar y chuté. La pelota silbó imparable hacia el poste, pero el portero de los de negro con las calcetas naranja la despejó con el pie izquierdo sobre la misma línea de gol. Como si en vez de lanzarle un trallazo le hubiera cedido amablemente el balón. «¡Jo!», pensé admirado, mientras escuchaba a Las Fieras felicitar a su Cancerbero por la hazaña. Lo llamaban Markus el Invencible y no parecía que exageraran. Pero nuestro entrenador no lo veía igual.

—DEEENIIIZ —escupió Böckmann desde la banda—. DEEENIIIZ, YOOO...

No pudo seguir. El despeje de Markus aterrizó delante del número 10 de Las Fieras, con su camiseta negra como la noche. Se llamaba

Marlon y precisamente éste, el número 10, agarró
el balón en pleno vuelo con el empeine como
si lo tuviera untado de pegamento, burló a un
contrario con un golpe de tacón y centró sin ni
siquiera mirar, intuitivamente y fuertísimo hacia
la punta derecha de la cancha, donde la pelota
cayó en la profundidad de la nada. O eso es lo que
pensamos todos, incluido nuestro entrenador.

—No, déjala, va a salir —rugió enfundado en su
pants lila.

Pero eso fue antes de presenciar boquiabiertos
cómo alguien se apoderaba de aquel pase largo,
aparentemente inalcanzable. La Fiera con el
número 4 tomó la pelota. Fue tan rápido que
pareció como si la bola hubiera rodado hacia
atrás, pero, por las alfombras voladoras de Oriente,
el chico aún no había corrido de verdad. Sólo
tuvimos tiempo de ver la espalda de su camiseta:
Fabi, el delantero derecho más rápido del mundo.
Centró a media altura hacia el interior del área
y ahí, enfrente, apareció el delantero centro.

Le salieron al paso tres defensas. León el
Gran Driblador, como lo llamaban, no tenía la
menor oportunidad ante tres de mi equipo, pero
el muy astuto no tenía intención de driblarlos.
Ni siquiera paró la pelota, sino que cuando
ésta tocó el suelo, metió rapidísimamente el
pie derecho debajo de ella e hizo un globo.

Nuestros defensas, pasmados, se dieron la vuelta a toda velocidad y siguieron con la cabeza —nuestro entrenador también— el vuelo del balón, que cayó en cámara lenta sobre el punto de penalti, justo a los pies de la Fiera que ya estaba ahí, como salido de la nada. Con la piel cobriza y unos rizos negro azabache, tiró la pelota por el travesaño con una chilena. Mientras lo hacía, sólo le vimos en la espalda: el número 19. Se trataba de Rocce el Mago, el hijo de Giacomo Ribaldo, el dios del futbol, el brasileño que jugaba en el Bayern.

El cero a dos lo marcó el número 7, Félix
el Torbellino, que no pudo seguir en el campo
por culpa del asma y fue sustituido por Jojo,
el que baila con el balón, el número 12.

Jojo, aunque no tenía tacos de futbol, jugó hacia
la izquierda con sus sandalias gastadas, llenas
de zurcidos y parches. Se metió por en medio de
nuestras filas, hizo una pared con León, consiguió
que nuestra defensa pareciera un muro destruido
y, cuando sólo le faltaba superar a uno de mi
equipo, pasó otra vez la pelota hacia atrás, a
los pies del número 11. Maxi Futbolín, decía en
su camiseta, y en seguida iba a ver por qué.

Fui por él a toda velocidad. «Éste no tira —me
dije mientras le entraba—. La envío afuera y se ter-
mina el asunto con él». Pero Maxi le dio con el talón
y, dejándose de sutilezas, se dio la vuelta veloz-
mente a la derecha. Sólo tuve tiempo de ver una
sonrisa traviesa y silenciosa antes de que chutara.

¡BUUUMMM!

El balón salió zumbando hacia nuestra portería
como una bala de cañón.

El guardameta cerró los puños y se aventó para
pararlo.

¡BUUUMMM!, retumbó por segunda vez en el campo.
Nuestro portero recibió el impacto a medio salto
y la bala de cañón lo arrastró al fondo de la red.

El cero a tres dejó mudo hasta a nuestro entrenador.
Se le pusieron los pelos de punta, como electrizados.

La calva le brillaba como lava en el cráter de un volcán. Sentí que tenía que hacer algo a como diera lugar, porque si no la lava nos arrollaría. Así que me puse a correr, agarré la pelota, hice un *sprint* hasta el medio campo y les grité a Las Fieras:

—Vuelvan a su...u...u... lado de la cancha. Quiero continuar el partido, ¿me escuchan?

Pero Las Fieras ya estaban en sus puestos. Eran mis compañeros de equipo los que se hacían los tontos. Trotaban por el campo con la cabeza baja y los pies se les pegaban al suelo como si pisaran miel. ¡Por las tres patas de la gran rana! Daban pena. Pero no dije ni una palabra, hubiera empeorado las cosas. Así que esperé una eternidad hasta que por fin el delantero derecho llegó a mi lado.

—Vamos por ellos, ¿está claro? —grité a mi compañero.

Me miró como si hablara en chino, y cuando el árbitro pitó el saque, no se movió.

—Dale a la pe...e...e...lota de una vez —le dije molesto.

Cuando por fin me la pasó y salí corriendo con ella, avancé sin levantar la vista de mis pies, igual que si rodara sobre rieles. Todo recto, sin rodeos, directo a la portería. Por el rabillo del ojo veía pasar sombras a mis lados. León el Gran Driblador, Marlon, el número 10, y Juli Huckleberry Fort Knox se lanzaron por mí cuatro veces, pero todos sus intentos fracasaron. Entonces chuté yo, y no Maxi

Futbolín Maximilian, el niño del tiro más potente del mundo. Disparé con el empeine exterior, a media altura y, aunque Markus el Invencible se estiró cuan largo era, la pelota se escapó más y más a la derecha, rozó el interior del poste y entró en la red.

Se oyó un «WUUUHM», y no el «BUUUMMM» de Maxi, pero el resultado fue el mismo.

—No lo puedo creer. ¿De verdad lo lograste? —refunfuñó Böckmann, y volviéndose hacia los espectadores añadió—: ¿Lo vieron? ¡Esos patos medio ciegos metieron un gol!

Vaya, no podríamos soportar tanto elogio. El humor de nuestro entrenador se enfrió al menos ciento cuarenta grados. Bueno, la burla me sienta bien y además me da pila. ¡Porque hablaba irónicamente! El caso es que al cabo de dos minutos volvía a tener la pelota. Recorrí con ella la banda derecha, dejé a Maxi, Jojo y Rocce a mi izquierda y, lleno de rabia, calculé el tiro. Tirar a veinte metros de la portería era una locura, sobre todo teniendo enfrente a un niño como Markus, pero mi rabia y mi miedo eran aún mayores. Miedo a la lava y a la coronilla electrizada de mi entrenador. Le di a la pelota con la punta del pie de una manera muy primitiva, pero daba igual. Siseó como un rayo a poca distancia de la hierba y se coló por el poste izquierdo sin que el Invencible pudiera hacer nada para evitarlo.

¡Zas!, sólo sonó esta vez. Y después, silencio total.

Las Fieras intercambiaron miradas como si no entendieran qué pasaba. Íbamos dos a tres. El resultado volvía a estar en juego. Troté orgullosamente por delante de nuestro entrenador.

—Oye, Fri...e...e...drich —le grité fanfarroneando—. ¿Lo hice bi...e...e...n? ¿Te dio miedo mi tiro arrabalero?

Pero el entrenador, que respiraba por primera vez desde el cero a tres, parecía un monstruo emergido de un mar de rabia.

—Yo te enseñaré lo que es ser arrabalero. A tu cancha, en seguida. ¿O es que voy a tener que sacarte? Hadschi Ben Halef, aún no lo consigues, seguimos perdiendo.

Eso ya lo sabía, claro está, y también sabía que lo mejor que podía hacer era dejar de perder. Si no, cuando sonara el silbato del final, empezaría una película de terror, una especie de Parque Jurásico 5. Estaba impaciente por reemprender el juego. Sólo quedaba un minuto para acabar el partido y Las Fieras, lógicamente, lo tomaban con toda la calma del mundo.

Hicieron otro cambio: León fue sustituido por un niño con una larga trenza castaña. Se me puso enfrente, me sonrió y, después de recibir el pase de Marlon, me hizo un túnel y salió con la pelota a toda velocidad.

Me quedé pasmado como si un canguro boxeador me hubiera dejado KO. El jugador llevaba el 5 en la espalda y encima ponía, muy claro, Vanesa la Intrépida.

¡Por las tres patas de la gran rana y todas las alfombras voladoras de Oriente!: al niñito mimado de mamá se lo había despachado una niña. Qué pena.

Salí corriendo detrás de ella como si viniera por mí la muerte.

Poco antes de llegar al área de castigo recuperé terreno, pero Vanesa hacía rato que sabía que la seguía. Tiene ojos en la nuca; es como una araña, se los aseguro. Por eso sólo necesitó esperar a que le entrara, momento en que hizo una pared vertiginosa con Fabi y pasó la pelota hacia la izquierda con el talón. Una Fiera surgió de la nada y preparó el tiro en plena carrera. Con la boca abierta de par en par y unos ojos gigantescos tras unos lentes de fondo de botella, la Fiera disparó con la pierna izquierda. Sus rizos pelirrojos llameaban como fuego alrededor de su cabeza y el 99 que llevaba en la espalda le daba ánimos. Superánimos. Pero eso no evitó que se cayera de nalgas al tirar y que enviara la pelota tres pisos por encima del travesaño.

—Malditos niñitos —empezó a maldecir sin parar—. La tiré un poco desviada, pero no era tan fácil. Hubiera tenido que controlarla con la izquierda. Con la izquierda, ¿me escuchan?, la pierna con la que no tiro bien. Hoy el genio de mi lámpara maravillosa no está de buenas.

Las Fieras retrocedieron al trote sin hacerle caso. Ni siquiera su entrenador, que estaba de pie en la banda con su traje de mil rayas, dijo algo. Vanesa fue la única que corrió hacia aquel tonto y le dio una cachetada amistosa.

—Olvídalo —fue lo único que dijo. Y los dos volvieron a su lado del campo.

Pero yo me quedé al borde del área de castigo. El portero me dio la pelota para que se la devolviera y tirar un saque largo de portería. Pero yo no tenía la menor intención de hacer eso. Salí disparado. Recorrí todo el campo, distinguiendo borrosamente a los compañeros y adversarios que dejaba atrás. El campo estaba cubierto de una niebla lechosa o, en todo caso, eso me pareció, pero ya estaba acostumbrado. Me limité a mirarme los pies. Mis pies y la pelota. Entonces vislumbré la portería de Las Fieras delante de mí, recortándose en la neblina. Y también distinguí a Juli Huckleberry Fort Knox, que acechaba a mi derecha. A ése ya lo conocía y quería esquivarlo a como diera lugar, así que di un taconazo y cambié el juego hacia la izquierda, por donde el camino hasta la portería parecía libre. Sólo me quedaba superar a Markus el Invencible, que salió de debajo de los postes por mí. Dudé por un instante si debía burlarlo, pero escuché los gritos de mis compañeros.

—¡Cuidado, Deniz, tienes a uno atrás, el número 8!

Se trataba de Juli Huckleberry Fort Knox.

—Maldito turco cabezota, ¡céntrala! —bramó nuestro entrenador.

Pero ¿a quién? A mi alrededor sólo había una espesa niebla, lo sabía perfectamente. Y no tenía ni un segundo más. Detrás, me amenazaba el cuatro defensas en uno, y enfrente, el Invencible ya se lanzaba sin el menor temor por la pelota.

Tuve el tiempo justo de autopasarme el balón a la izquierda y chutarlo casi desde la esquina. La pelota superó la salida de Markus y se dirigió, girando sobre sí mismo, hacia la portería. Juli me saltó encima y se abalanzó con la velocidad de un simio para despejarla, pero no la alcanzó. Sólo pudo rozarla levemente y la bola, después de bambolearse un poco, siguió su camino hacia la red. Un giro más y entraría.

Nuestro entrenador pegó un brinco.

—¡Te quiero, Deniz! —exclamó. Pero aún estaba por los aires cuando añadió—: ¡No! Nada de eso, te voy a matar.

Un enano había surgido de la nada, un enano que no tenía más de seis años y que, sobre la misma línea, volvió a enviar la pelota al campo de juego. Se puso más contento que si hubiera marcado un gol.

—¡Lo hice bien, Juli, la salvé! —gritó mientras abrazaba a su hermano mayor y le daba un beso (lo que le valió un buen golpe que lo envió directamente contra mi barriga). Sin creerme todavía lo que había pasado, miré fijamente al X (porque ése era el signo que llevaba en la espalda, y no un número), que levantó la cabeza para decirme:

—Hola, turco cabezota. —Sonrió descaradamente—. Soy Joschka, los refuerzos.

Y para confirmar sus palabras, el árbitro pitó el final del partido. Abandoné el campo con grandes zancadas y, al atravesar el área de Las Fieras CF, vi que nuestro delantero centro estaba en el punto de penalti, y nuestro delantero izquierdo, en el borde del área de castigo, lo mismo que un centrocampista, los tres desmarcados. Sólo hubiera tenido que centrar y alguno de ellos habría metido un gol, evitando la derrota.

Pero en vez de eso, ahí me tienen, metido en los vestidores como en una mina de carbón y con el entrenador tirándome el aliento a la cara. Con sus más de dos metros, se me plantó enfrente y pensó en las canalladas que me iba a decir.

—Dos a tres, dos a tres. No lo puedo creer. Todos tienen un año menos que ustedes. Fue por un pelo que no los obligaran a jugar en la liga de los pequeñitos. ¿Y saben qué? Que ahí es donde deberían jugar ustedes. Eso es. O mejor, convertirse en un equipo de nenitas y cambiar los pantalones por tutús de ballet. Al diablo —gritó—, son el montón de futbotorpes más lamentable que he entrenado.

—Pero Frie...e...e...drich —me atreví a decir—, ellos aún no conocen la derrota. Tres partidos y sólo un empa...a...a...te. Son fieros de verdad.

—Vaya —me gritó el entrenador—. ¿Cómo es que tienes fuerza para hablar? Quien en realidad lo dio todo en un partido sólo tiene ánimos para vomitar. ¿Cuántas veces se los he dicho?

Yo me miraba los pies. Pero nuestro entrenador seguía.

—Y ahora llegamos a la causa de este desastre —masculló dando un paso hacia mí—. Deniz, el turco cabezota... Él lo estropeó todo.

No dije nada. Había metido los dos goles que anotamos.

—Por su culpa ya no somos nosotros sino Las Fieras CF los que van a la cabeza del campeonato. ¡Estoy hablando contigo! —gritó, escupiendo de paso en mis tacos—. Mírame.

Eso hice. Levanté lentamente la cabeza, pero con todo aquel vaho apenas pude distinguirlo. Por eso me puse a guiñar los ojos.

—Ésta sí que es buena —se burló Böckmann—. Mírenlo bien. ¿Ven cómo hace bizcos? Así no puede darle a nada. Así no puede hacer ni un pase. Así no puede ser más que un perdedor, una vergüenza para el equipo.

—Pero Frie...e...e...drich —murmuré—, el niño pe...e...e...lirrojo, el de los lentes de fondo de botella, también la envió a las estre...e...e...llas.

—¿Ha he...e...e...cho eso, Ahmed? —me imitó burlándose—. No me digas. Pues entonces vete con él. Vamos, largo de aquí. No quiero seguir soportando tu cara.

Lo miré sin entender qué quería decir. Había metido dos goles y habíamos ganado los tres últimos partidos gracias a mí. Pero el entrenador me tocó en la pierna.

—¿Estás sordo? —me gritó. Su calva de lava amenazaba con entrar en erupción.

Así que me puse de pie y recogí mis cosas. Luego tomé la bolsa, mi posesión más preciada (junto con mi vieja chamarra de motociclista, que me quedaba demasiado grande) y salí de los vestidores a grandes zancadas. Seguro que en el entrenamiento del lunes Böckmann ya se habría calmado. Claro, y entonces todo volvería a estar bien. Pero antes de que la puerta se cerrara a mis espaldas, el entrenador me detuvo con un silbido.

—Ah, sí, se me olvidaba algo —dijo con la asquerosa sonrisa de uno de esos trolls que se comen a los niños en los cuentos—. Hadschi Ben Halef, no quiero volver a verte nunca más.

Se hizo el silencio.

—Estás expulsado del equipo, turco, ¿entendiste?

Volví a mirarlo. Eché una ojeada a mis compañeros de equipo y comprendí que nadie me retendría. Así que me di la vuelta y me fui.

UNA OFERTA PELIGROSA

Afuera, delante de los vestidores, me encontré a Las Fieras y a su entrenador.

—Hola, turco cabezota —me saludó Joschka, los refuerzos.

—Esos dos goles fueron geniales —me felicitó Markus el Invencible—. No había quién los parara.

Lo miré sorprendido. Iba a decir algo más, pero León lo interrumpió.

—La mamá de Juli nos invita a comer. Quien llegue a Camelot antes que Willi se salva de lavar los platos. Vamos, ¡a las bicis! —gritó con una media sonrisa mientras daba golpecitos en el hombro de Willi—. ¿O no te parece justo?

Las Fieras se rieron y se apresuraron a contestar.

—¿Que si nos parece justo? Willi lavará los platos.

—¡Ja!, ya lo veremos —exclamó Willi—. Pero si gano yo, me planchan el traje una vez cada uno.

Y puso salió de ahí. Siguió a los niños tan de prisa como le permitía su cojear. Los observé con envidia. Tenían la pinta de ser un equipo de verdad, de esos que siempre ganan. Me limpié los mocos de la nariz y me fui.

Aunque no tenía la menor idea de adónde ir.

En casa, a mis papás sólo les interesaban las victorias. Soñaban con que tuviera suficiente madera para convertirme en un futbolista profesional. Eso era lo que ellos deseaban, y yo y mis pies no queríamos otra cosa que cumplir su deseo. Pero ¿qué iba a decirles ahora? El Atlético Hertha 05 era el tercer equipo de futbol del que me echaban. Y siempre por el mismo motivo.

—Deniz —me llamó alguien.

Me di la vuelta y vi a Willi al lado de la moto con su traje de mil rayas.

—¿Te llamas Deniz, o me equivoco?

Asentí cautelosamente, esperando algún comentario idiota. Pero Willi se limitó a ponerse la gorra, una gorra de béisbol roja, hacia atrás.

—Eres muy bueno, Deniz, sigue así —dijo con timidez.

Tragué saliva y levanté la nariz.

«Qué querría de mí ese señor tan raro», pensé. Fabi debió de pensar lo mismo.

—¿Qué haces ahí parado, Willi? —le preguntó—. Los otros ya están a medio kilómetro.

Mientras hablaba, el delantero derecho más rápido del mundo me miró de arriba abajo con toda la desconfianza de que era capaz.

—Pero, Willi, si nos das tanta ventaja no tiene gracia.

Willi vio su desconfianza y asintió.

—Está bien. Tienes razón.

Puso la moto en marcha, pero antes de irse definitivamente, trazó un arco para pasar por mi lado.

—Oye, Deniz, entrenamos cada día a las cuatro y media. En el Caldero del Diablo. Está en Grünwald —me gritó. Y metió velocidad.

Fabi aún se entretuvo un momento. Su desconfianza había pasado a ser franca hostilidad, y tuve la mala suerte de no darme cuenta (ya saben, la niebla). Creí que le caía bien y hasta le hice un gesto de saludo. Pero él no tenía la menor intención de devolvérmelo. Montó en su bici como en un poni y se fue a toda velocidad. Seguro de que no iba a ser él quien lavara los platos.

CUÍDALA BIEN

—¿Y bien? ¿Por cuánto ganaste el día hoy? —me preguntó mi papá en cuanto llegué a mi casa.

Estaba sentado en el sillón viendo programas de futbol. Al escuchar la pregunta, mi mamá salió en seguida de la cocina, y Tolgar y Boran, mis dos hermanos, que estaban tendidos en la alfombra adelante de la televisión, levantaron la cabeza

interesados. De repente, la Bundesliga se había convertido en algo secundario. Tampoco le interesaba a nadie dónde había estado durante todo el día.

—Hemos acabado con el Neuperlach once a cero. —Sonrió con superioridad Tolgar, que estaba entre los pequeños del equipo Münchener Löwen[1] a pesar de no tener todavía ni siete años.

—Y nosotros le dimos una golpiza al Poing: nueve a uno —se apresuró a decir Boran. Tenía doce años y jugaba en el FC Freimann—. Y tres de los nueve los metí yo, y eso que soy defensa.

—Y yo metí cinco —quiso competir Tolgar—, dos de cabeza.

Mi papá se irguió orgulloso y mi mamá acarició los cabellos de Tolgar.

—Y ¿qué hay de ti? —me preguntó—. Deniz, ¿cuántos metiste?

Tragué saliva y dije flojito:

—Dos. Me...e...e...tí dos. Pe...e...e...ro el entrenador del otro equipo me preguntó si quería jugar con ellos.

Mi papá silbó entre dientes.

—Vaya, eso está bien. Boran, Tolgar, ¿lo escucharon? Se pelean por Deniz. Está solicitado. Les apuesto a que pronto lo querrán los del Bayern.

—No lo creo —se burló Tolgar—. Hoy Deniz perdió dos a tres y contra un equipo de niñitos.

1 Leones de Múnich (N. del T.).

—Yo también te...e...e...ngo un año menos
que los de mi categoría —contraataqué.

—Exacto. Por eso juegas como un niñito
—se burló Boran—. Nunca pasas la pelota. La
regaste y el calvo ese, Böckmann, te mandó al
diablo. Te pusieron de patitas en la calle.

La cara de mi papá se ensombreció.

—Un momento —balbuceó—. Repite eso.

—Böckmann lo sacó del equipo —se burló Tolgar.

Y Boran añadió:

—Deniz metió la pata. Un solo pase y hubieran
ganado.

Mi papá se levantó muy lentamente.

—¿Es eso verdad? —susurró—. Deniz, espero que
no sea cierto.

Tragué saliva, pero no pude mentir.

—Sí —asentí—. Tie...e...e...nen razón.

—No, no puede ser —dijo mi mamá escandali-
zada—. Deniz, es la tercera vez que te pasa.

—Sí, pe...e...e...ro Las Fieras, quiero
decir, su entrenador, quie...e...e...re que...

—Tú no te mueves de donde estás —dijo
mi papá con voz de trueno—. El lunes vas
a ver a ese señor Böckmann y le pides que
te deje volver a jugar. ¿De acuerdo?

—Pe...e...e...ro no quiere volver a...

—Hazlo o ya puedes ir olvidándote de
jugar futbol —me dijo mi papá—. Y ahora
vete a tu cuarto. No quiero ni verte.

Se hizo el silencio.

En la tele, el Schalke acababa de anotar, pero
la alegría de todos quedó ahogada en el silencio
reinante de la sala. Todos me observaban. Yo me fijé
en la mirada de mi papá. Sus ojos, muchas veces
los más divertidos y orgullosos del mundo, eran
en aquel momento duros y despiadados. Busqué
apoyo en mi mamá, pero ella meneó la cabeza. No
me quedó otro remedio que irme al cuarto que
compartía con Boran y Tolgar. Al llegar, arrojé
la bolsa de deportes y mi gastada chamarra de
motociclista contra la pared. Cuando se hizo de
noche, allí seguían, aunque apenas podía distin-
guirlas. Afuera, escuchaba reír a mis papás y a mis
hermanos. Estaban jugando Turista Mundial, como
cada sábado. A mí me encantaba ese juego y me
encantaba jugar con ellos los sábados por la noche.

No sé qué hora era cuando mis hermanos se
fueron a la cama. Fingí estar durmiendo, pero
en realidad miraba pensativo la bolsa que mi
papá me había regalado por mi cumpleaños.

—Cuídala bien —me había dicho al dármela—.
Algún día, cuando seas profesional, la pasearás por
los estadios de la Bundesliga.

Yo me había reído, negando con la cabeza, pero mi
papá me había puesto las manos sobre los hombros
y me había mirado fijamente a los ojos, muy serio.

—Claro que sí, seguro. Eres mi hijo, Deniz, y cuando pasees esta bolsa por esos estadios, te darás cuenta de lo mucho que creo en ti.

Aquel día me había estrechado el brazo con firmeza, y me habría gustado que hubiera hecho lo mismo ahora. Pero yo sabía que no iría a hablar con Böckmann. Yo era demasiado orgulloso para eso y, además, quería jugar en el mejor equipo de todos, quería ganar siempre. Y, díganmelo ustedes, ¿qué equipo es mejor que Las Fieras CF, los conquistadores del futbol?

TODOS SE VAN A ENTERAR

El lunes me escapé de la escuela una hora antes.
A las tres de la tarde tiré a escondidas la bolsa
de deporte por la ventana del lavabo y después
me escapé por el mismo sitio. Me arrastré por la
hierba, me deslicé por detrás de la torrecilla de
vigilancia, me escurrí por debajo de la tela metálica
de la valla y me largué tan de prisa como pude.

A mi lado se levantaba el Carl Orff Bogen, unos
edificios de pisos de alquiler. En el número 9, en la
novena planta, vivíamos nosotros. Y todo porque
yo iba a ser algún día el mejor número 9 del mundo.
Eso es lo que me había prometido mi papá cuando
nos mudamos. Pero el Carl Orff Bogen estaba en
Freimann, en el norte de Múnich, y Grünwald estaba
en el sur, justo en la otra punta de la ciudad. Las
Fieras, o sea, mi nueva oportunidad de volver a
lucir el número 9, estaban algo lejos. Pero lo conseguiría. Nadie más me echaría de ningún equipo.

Así de decidido me dirigí al metro. Primero tenía
que tomar la línea U6 y bajar en Sendlinger Tor. Lo
tenía todo planeado. La señorita Hexerich,[2] mi
maestra vieja y gruñona, me había ayudado entu-
siasmada. Sí, sí, ya pueden reírse a carcajada limpia,
pero casi se pone a dar brincos cuando, al acabar un
ejercicio de matemáticas, le conté mi idea. No le
dije que quería faltar a la escuela, claro, ni tampoco
que tenía la intención de cruzar la ciudad yo solito
a mis nueve años. Ella jamás me hubiera permitido
hacer algo así. No, simplemente le expliqué que
tenía la intención de escribir una nota periodística
porque sí, porque de repente me habían entrado
ganas. Una nota sobre un niño que vivía en Freimann,
como yo, y su único deseo era visitar a su abuela
anciana, enferma e inválida, que vivía en Grünwald.

A la maestra se le caía la baba, y por un momento
estuve convencido de que me había pasado y de que
ese rollo le quedaba más a una niña de siete años
tímida como un conejillo de indias que a mí. Pero
a la señorita Hexerich le gustan ese tipo de niñas
tanto como nos odia a nosotros, o sea, a los niños,
porque siempre hacemos ruido y nos comportamos
como salvajes, y además queremos ser más fuertes,
más altos y mejores que los demás. Y aún nos odia
más porque querría estar dando clase en una escuela
de niñas. Exacto, y tuvo la impresión de que ese

2 *Hexerich* es una forma poco habitual de *hexer,* el masculino
de *hexe,* «bruja» (N. del T.).

deseo empezaba a cumplirse. A la señorita Hexerich
la baba ya le llegaba a la falda. No acababa de
entenderlo: Deniz, el turco, el peor alumno de toda
la clase, se había convertido voluntariamente en una
niña. Después de secarse la baba, que ya le llegaba
al suelo, saltó de la silla en un plano de metros y
tranvías, y contestó a mis preguntas.

Me explicó el camino varias veces. Primero,
tenía que tomar la U6 hasta Sendlinger Tor. Luego
transbordar a la U1 en dirección a la plaza Mangfall
y bajar en la tercera parada, y por fin salir a la plaza
Wetterstein y tomar el tranvía.

—Pero tienes que estar atento, ¿me oyes? El
único tranvía que llega a Grünwald es el 25. El 15 da
media vuelta en el puente Grosshesseloher. ¿Dónde
vive tu abuela, por cierto? —me preguntó mientras
extendía otro mapa, el de Grünwald, sobre la pizarra.

—En el Caldero del Diablo —contesté tímidamente.

La señora Hexerich se puso a buscarlo en seguida.

—¿El Caldero del Diablo? ¿El Caldero del Diablo?
—murmuró. Recorrió las calles con el dedo inútil-
mente, y se dio la vuelta hacia mí irritada—. ¿El
Caldero del Diablo? —masculló recelosa e imperti-
nente, como siempre—. Deniz, ¿me tomas el pelo?

—No, desde luego que no —dije, negando con la
cabeza.

—¿Estás seguro? —insistió.

—Cien por ciento, señora Hexerich. Le doy mi
abracadabrante palabra de honor.

—Hummmm —murmuró—. Yo no estoy tan segura.

—Pero yo sé perfectamente lo que hago, créame. Sólo que tengo que ir a mear.

—¡Deniz! —se escandalizó.

—Perdone. Es que tengo que ir. ¿Me deja?

La señora Hexerich resopló. Me miró de arriba abajo y por un momento pensé que me estaba analizando. Pero era un truco de maestra que quizá intimidara a los de primero, pero a mí no. En realidad, no tenía la menor idea de mis intenciones, qué va. Por eso volvió a sentarse y, mientras tomaba el libro que leía, con la mano izquierda me dio permiso para irme.

El resto ya lo saben. Salí por la ventana del baño, me arrastré por el pasto, me pasé por debajo de la valla y tomé el metro hasta Sendlinger Tor. Al bajar del vagón empecé a dudar de mi memoria.

La gente me apretujaba y todos eran mayores, o sea, más altos. Me tapaban los letreros, y cuando por fin conseguía acercarme lo bastante para leerlos, volvían a

¿CALDERO DEL DIABLO?
¿CALDERO DEL DIABLO?

alejarme en seguida con sus empujones. La gente
me zarandeó de arriba abajo al menos durante un
cuarto de hora, y cuando por fin pude llegar al
andén de la U1, sentí tal alivio que me relajé. El
letrero que indicaba «Plaza de la Cruz Roja» se borró
en la niebla que, como siempre, me rodeaba, y se
convirtió en uno que decía «Plaza Mangfall», así que
tomé el metro en la dirección equivocada. Esperé
a la tercera parada, como la señora Hexerich había
insistido, subí por una escalera mecánica increíble-
mente larga y salí a la calle, a una plaza inmensa.

Tenía que ser la plaza Wetterstein, estaba seguro.
Por eso no hice caso ni del letrero que había encima
de la boca del metro ni de la placa de la calle,
que gritaba: «Deniz, estás en la plaza König».

No los escuché.

Busqué una parada de tranvía, fui de una calle a
otra y al final me desorienté. Me había perdido, y la
niebla, que seguía rodeándome, se tragaba todo lo
que estaba a más de dos metros.

Un hormigueo frío como el hielo me recorrió la
espina dorsal. Tuve miedo. ¿Por qué no me habría
quedado en casa? La escuela habría acabado y
habría podido ir a hablar con Böckmann, el de la
calva volcánica. A lo mejor me habría perdonado. Le
encantaba humillar a la gente. En todos los entrenamientos tenía que haber alguien que quedara en
ridículo, y la mayoría de las veces yo, Deniz, el turco
cabezota, era el elegido. Pero eso era exactamente

lo que yo no quería. Era demasiado orgulloso, un ganador, el número 9. Así que me olvidé del escalofrío glacial, apreté los dientes y seguí adelante hasta llegar a una parada de taxis.

Cuando uno no sabe seguir, tiene que preguntar; nos lo había enseñado la maestra en primero de primaria. Así que me dirigí a un taxista que leía el periódico dentro de su coche.

—Perdone, ¿cómo se va a la plaza Wetterstein? —le pregunté con mi sonrisa más amable.

El taxista levantó la cabeza lentamente, me miró y, al darse cuenta de que no era un cliente, el muy desgraciado apretó un botón y, sin decir palabra, subió la ventanilla.

Sin embargo, en una tienda en la que entré después fueron mucho más despectivos.

—Ah, no, no te diré nada. —El tendero me agarró de la oreja y me arrastró de nuevo hasta la calle—. Aquí no se viene a comprar cigarros.

—Pero ¡si no fumo! —exclamé furioso—. Sólo quiero llegar a la plaza Wetterstein.

—Eso dicen todos. —Rio el tendero. No me soltó, me dio una patada en el trasero y hasta que mi oreja pareció tan larga como el cuello de una jirafa me soltó.

—Largo de aquí. Y no se te ocurra volver —me amenazó, y me dio otra patada.

Me caí directamente en la banqueta, gateé entre los peatones, me levanté de un salto y me fui corriendo.

Maldije la escuela.

¿Qué idiota había dicho que se va a la escuela a aprender? No es así. La vida era algo totalmente diferente, sobre todo para un turco enfundado en una chamarra de moto-

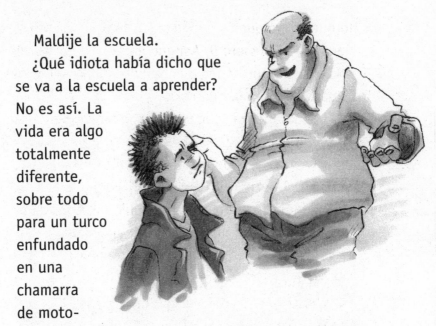

ciclista, negra y demasiado grande, y con una cresta roja como peinado parecida a la bandera turca. Un turco del que Friedrich Böckmann afirmaba que hacía bizcos en todas direcciones, lo que era una mentira. Para mí, la niebla era normal, igual que no ver que había tres compañeros desmarcados cuando iba con la pelota. Fue por eso que no centré, ¿lo entienden?

En cualquier caso, la rabia me cayó bien, me quitó el miedo del cuerpo.

De pronto volvía a estar en la gigantesca plaza. «Plaza König», gritaba la entrada del metro. Por fin sabía dónde estaba. Abajo, localicé en el plano la parada de la plaza Wetterstein. Tenía que retroceder cuatro estaciones. Cuando llegué, tuve la suerte de que el 25 viniera en seguida. Veinte minutos después bajaba en la plaza del Mercado de Grünwald.

LA MALDICIÓN DE MICHI EL GORDO

¡Por las alfombras voladoras de Oriente, vaya recibimiento! La gente de la plaza del Mercado se quedó petrificada al verme, y cuando me acerqué a uno de aquellos seres de piedra, empezó a balbucear.

—Perdone, ¿sabe dónde está el Caldero del Diablo? —pregunté amablemente.

Pero el ser de piedra no apartó la mirada de mi cresta rojo fuego, como si me acabara de escapar del infierno.

—El... ¿qué? —balbuceaban todos. Y se alejaban en seguida.

Una mujer muy vieja hasta me amenazó con su bastón.

—Atrás, vete al Bosque Tenebroso, vuelve a tus Departamentos Grafiti —me conjuró. Ni que hubiera visto al conde Drácula y a Frankenstein al mismo tiempo.

Yo no entendía nada. No quería ir ni al Bosque Tenebroso ni a los Departamentos Grafiti sino al Caldero del Diablo. Pero casi todos parecían asustarse al escuchar ese nombre. Entonces vi a unos niños de aspecto parecido al mío que arrancaban las malas hierbas de los jardines que rodeaban la plaza del Mercado. Parecían enanitos de jardín. Me dirigí al que me quedaba más cerca. Era un chino descomunal que se parecía a Godzila o a King Kong.

—Oye, tú —le dije—, ¿sabes dónde está el Caldero del Diablo?

El chino descomunal se estremeció como si hubiera recibido una descarga eléctrica y rompió el mango de la pala que sostenía como si fuera un cerillo. A pesar de su fuerza, empezó

a temblar y dar saltitos a mi alrededor como
una rata del desierto en la Antártida.

—Michi —llamó—. Michi, ven rápido y trae a los
demás, a todos, ¿me oyes?

No me quitaba los ojos de encima. Yo también lo
miraba sorprendido. Llevaba un chaleco que tenía
bordadas por delante y por detrás y de arriba abajo
dos letras: «V. I.».

De repente, el suelo empezó a temblar. La respiración de quien fuera que venía era jadeante como
la de una ballena que se hubiera quedado detenida
en aquella plaza. Me volteé y, después de dos jadeos
más, alguien surgió de la niebla. Comparado con
aquella aparición, nuestro entrenador parecía un
borreguito calvo.

Una camiseta con una imagen de Darth Vader
en el pecho le comprimía la barriga y los ojos le
brillaban como rayos láser. A los que iban con él, ni
las cadenas privadas los sacarían por la tele antes
de las once de la noche.

—Aaaah, hola. —Tragué saliva—. ¿Saben dónde
está el Caldero del Diablo? Busco a Las Fieras...

El nombre tuvo un efecto mágico. La ballena y
sus amigos se quedaron inmóviles como témpanos
de hielo, sin atreverse a respirar, y con los ojos
revoloteándoles como polillas junto a la luz.

—¿Qué pasa? —pregunté preocupado—. ¿Puedo
ayudarles?

—No, somos los Vencedores Invencibles y de ninguna manera... —dijo Michi el Gordo—. Lárgate y punto. Toma esa calle, la de al lado de la florería, y sigue todo derecho hasta el Caldero del Diablo. Es el camino más corto.

El miedo que vi en los ojos de los Vencedores Invencibles me hizo comprender que decía la verdad. Por algún motivo me convertí para ellos en un Tiranosaurus rex en busca de comida. Querían librarse de mí y, si me mentían, volvería por ellos muerto de hambre (o al menos eso era lo que creían), así que les hice el favor de irme. Pero después de recorrer unos metros, la florería surgió de la niebla, y Michi el Gordo maldijo a mis espaldas.

—Ten cuidado. Esos cabrones son como la peste. Son como el chicle o la mierda que se te pega a los zapatos.

—Tal vez —contesté. Y seguí mi camino.

Me sentía fabulosamente bien. Las Fieras debían de ser más que fieros; si no, unos monstruos como los Vencedores Invencibles no se hubieran asustado tanto. Y lo que más me gustaba era que Michi y sus amigos me habían tratado como si yo fuera ya una Fiera.

Recorrí la calle a grandes zancadas y llegué a la cima de una colina. Una vez allí, de repente emergió de la niebla, como la isla del tesoro, el campo de Las Fieras: el Caldero del Diablo.

EN EL CALDERO MÁS HIRVIENTE
DE TODOS LOS CALDEROS

Impresionado, me paré enfrente de la cerca de
madera y levanté la cabeza para leer el letrero
que colgaba entre los dos postes de la entrada:
el Caldero del Diablo. Aquél era el estadio de
Las Fieras, los conquistadores del futbol, el
caldero más hirviente de todos los calderos.

«¡Por las alfombras voladoras de Oriente! —se me encendió de pronto una lucecita en la cabeza—, aquí es donde siempre has querido estar».

Me eché la bolsa de deportes al hombro y, con mi cresta rojo fuego y la gruesa chamarra de motociclista, crucé la puerta. De la advertencia de Michi hacía rato que me había olvidado. Avancé decidido, y me adentré cada vez más en el caldero más hirviente de todos los calderos. A mi izquierda vi una tienda y un grupo de gente. Delante, debajo de un gigantesco paraguas negro que hacía de sombrilla y que tenía pintado «Tribuna VIP's» en letras naranja chillón, había una mesa. Al lado del paraguas se erguía un poste de madera con unos reflectores en lo alto. Chasqueé la lengua admirado.

¡Por las tres patas de la gran rana! Esas Fieras no sólo tenían un estadio, sino que hasta tenían reflectores. Aunque todo lo hubieran hecho ellos mismos, aquel campo era mil veces mejor que el campo que nos dejaba el Atlético Hertha para entrenar. Sólo el primer equipo podía jugar en la cancha, con un

pasto digno de un campo de golf. En todas partes pasaba igual, en todos los clubes, pero el Caldero del Diablo era distinto: allí Las Fieras eran el primer equipo, no había nadie más importante que ellos.

Yo no salía de mi asombro. Por eso no me había dado cuenta de que me rodeaba un silencio total desde que había empezado a bajar la colina.

Las Fieras me estaban mirando como a un pingüino salido de un refrigerador y por un momento me quedé pasmado como si lo fuera. Pero entonces vi a Willi, el entrenador, que me estaba sonriendo.

¡Por las alfombras voladoras de Oriente!, nunca había visto una sonrisa semejante. Seguro que así sonreiría mi papá si me reclutaran los cazatalentos del Bayern. Eso me dio ánimos. Demasiados ánimos quizá, porque allí todos tenían nivel. O al menos eso pretendían.

—Hola, soy Deniz. —Sonreí, mascando mi chicle—. ¿Dónde me puedo cambiar?

Nadie dijo palabra alguna. León y Fabi me miraron como si hubiera insultado a su mamá. Pero yo ya estaba acostumbrado a cosas así. En el sitio de donde yo venía, una sonrisa como la de Willi era tan rara como un diez en un dictado. Así que busqué con la mirada los vestidores yo solito y, al no descubrir nada que se le pareciera, me dirigí a la banda.

—Oye, no es culpa mía. —Sonreí—. Wi...i...i...lli me pre...e...e...guntó si quería venir, y Wi...i...i...lli es su entrenador, ¿no?

Me senté en la hierba y me cambié tranquilamente. León y Fabi apretaron los puños.

—¿Es eso cierto? ¿Eso hiciste? —le gritaron a Willi. Willi titubeó sin saber cómo salir del problema. Se echó la gorra hacia atrás.

—Sí —confesó—. ¿Por qué? ¿Tienen algún inconveniente?

—¿Cómo? —León estaba que echaba chispas—. ¿Es una broma? Maldita sea, ¿desde cuándo decides tú quién juega con nosotros?

—No se trata de eso. —Lo tranquilizó Willi—. Que Deniz entrene con nosotros una vez y luego ustedes deciden.

—Maldición, Willi. Ya somos doce —protestó Fabi—. Y doce ya son demasiados.

—Sí, este año y el siguiente sí, pero luego subirán de categoría. Jugarán en un campo grande once contra once y no siete contra siete como ahora.

—Ya, ¿y?, caramba —exclamó León, escupiendo en la hierba—. ¿Qué tiene eso que ver con ese de ahí?

Willi se encogió de hombros.

—A decir verdad, nada. Sólo que me pareció que teníamos que empezar con tiempo. ¿Sabes?, en nuestro equipo no encaja cualquiera.

—Bingo, en eso te doy la razón —se burló León—. Ese de ahí seguro que no encaja.

Me puse un poco nervioso y aunque fingí atarme las agujetas de los tacos con toda la calma del mundo, no despegaba los ojos y las orejas de Willi, que se volvió hacia la chica.

—Vanesa —le dijo—, ¿esto no te trae recuerdos? O Rocce, ¿tú qué dices? ¿Estarían en el equipo si hubieran recibido el mismo trato que Deniz? Félix, tú odiabas a Rocce, y a todos les habría gustado enviar a Vanesa al demonio.

Se hizo el silencio. León escarbó la hierba con los pies hasta dejar el suelo con un hoyo. Escupió, miró furioso a Willi y gritó:

—De acuerdo, pues. Démosle una oportunidad. Pero piensen que cada vez que venga un jugador nuevo, alguno de nosotros tendrá que quedarse en la banca.

UNA DOCENA DE RIVALES

La amenaza de León no cayó en saco roto. El aire de la tarde de finales de verano estaba como electrizado. En vez de miradas, entre Las Fieras y yo saltaban chispas, y encima Willi echó más leña al fuego.

¡Por las tres patas de la gran rana!, ¿cómo pudo ocurrírsele aquello? Hasta a mí me pareció que se pasaba y se me empezaron a doblar las rodillas. Willi no se decidió precisamente por la vía fácil, no nos hizo entrenar paredes o jugar cinco contra dos, no. Se decidió por la lucha abierta, el duelo, y eso molestó aún más a los jugadores.

Sin una palabra de explicación, marcó un campo de siete por doce metros. Después tomó de la tienda dos cajas de cerveza vacías para que hicieran de portería, pero no las colocó una a cada extremo sino las dos en el centro, espalda contra espalda.

—Jugarán uno contra uno y quien meta el primer gol gana. El ganador sigue en el campo. ¿Está claro?

—No, nada claro —dije—. Wi...i...i...lli, ¿por qué está la portería así?

León y Fabi pusieron los ojos en blanco como si hubiera preguntado por qué el cielo es azul.

—Para que tengas que burlar, D...e...e...niz. —Se burló León—. Tal como están puestas, no podrás disparar de lejos a la portería vacía. A no ser que tires tan torcido como tus ojos.

—¿Lo en...n...n...tendiste bien? —Sonrió Fabi con burla, como si yo fuera el idiota más grande del mundo.

Pero estaba acostumbrado, ya se los dije. Me limité a asentir fríamente, aunque cuando Willi me llamó las rodillas se me doblaban.

—Deniz, por favor, ven.

Tuve que ponerme a su lado, delante de todos los demás. Willi se tomó un tiempo eterno en mirar, una por una, a cada Fiera. Después carraspeó, se echó la gorra hacia atrás y se secó el sudor de la frente.

—Si Deniz les parece realmente tan peligroso, debemos tratarlo como tal. O sea, como si los estuviera retando a todos. Él empieza y seguirá en el campo hasta que alguno de ustedes le gane.

—Bien, trato hecho. —León recogió el balón—. Pero ¿puedo decidir quién y cuándo juega contra él?

—¿Estás de acuerdo? —me preguntó Willi.

Habría sido mejor que le hubiera dicho que no, pero quise ir con la corriente. Así que escupí y contesté a León a través de Willi.

—Wi...i...i...lli, dile que me da igual. Se ganará la lotería antes de que encuentre a uno que me gane.

Willi me miró frunciendo el ceño y lo mismo a León, que se mordía los labios de pura rabia.

Empezó el juego.

El primer contrincante que me envió León fue Rocce el Mago, el hijo de la estrella brasileña, el ataque relámpago en persona, el tiro increíble. Él era el encargado de decidir mi destino a favor de Las Fieras ya en el primer choque. Y León había elegido al más indicado.

Rocce tenía tanto talento como si hubiera nacido con los tacos de futbol puestos. La pelota le obedecía, le leía el pensamiento y hacía cosas que una pelota no hace: le saltó directamente de los pies a la nuca, le rebotó en el talón, le pasó entre las piernas, le subió por rodilla y volvió a su cabeza. Antes de que me enterara de que estaba

pasando, ya tenía a Rocce, como si lo hubieran teletransportado, a tres metros de distancia, delante de mi portería y a punto de chutar. Pegué un grito del susto, salté las cajas de cerveza y en el último momento intercepté el tiro que Rocce lanzaba con mucho efecto. Entonces salté, empujé al Mago a un lado con los brazos pegados al cuerpo, le cerré el paso con la espalda, luché por rodear las cajas de cerveza y disparé sin piedad a la portería.

Vaya golpe. Rocce y Las Fieras pusieron unas caras bastante largas. Pero quizá me alegré demasiado pronto.

No por nada León era el jefe de aquella tropa negra como la noche. Tenía mucha experiencia.

Hizo saltar al campo a Joschka, los refuerzos, con el que acabé inmediatamente sin el menor esfuerzo. Le siguió Raban el Héroe, que hizo unas piruetas endemoniadas, pero que tampoco aguantó más de treinta segundos de juego. A aquellas alturas ya me sentía muy seguro. Volvía a tener las rodillas firmes y confiaba en mis pies. Pero eso era exactamente lo que León había previsto.

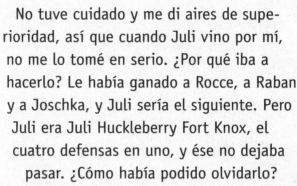

No tuve cuidado y me di aires de superioridad, así que cuando Juli vino por mí, no me lo tomé en serio. ¿Por qué iba a hacerlo? Le había ganado a Rocce, a Raban y a Joschka, y Juli sería el siguiente. Pero Juli era Juli Huckleberry Fort Knox, el cuatro defensas en uno, y ése no dejaba pasar. ¿Cómo había podido olvidarlo?

Corrí arriba y abajo sin descanso, pero Juli siempre me salía por los cuatro lados, me quitaba la pelota y escapaba a toda velocidad. Por las tres patas de la gran rana, suerte que Juli no estaba muy dotado para el disparo a portería, porque se quedó sin saber qué hacer delante de ella dos veces.

Cuando al cabo de diez largos minutos conseguí meter un gol, estaba totalmente agotado.

Me senté sobre los talones y, jadeando, vi que Juli iba hacia León y levantaba la mano.

—Todo estará bien —gritó como si no hubiera perdido.

Chocaron las manos.

—Mientras seas una Fiera.

El siguiente que me envió León fue Félix.

—Félix, aguanta sólo hasta donde puedas —le gritó mientras me miraba fijamente a los ojos—. El niño está por los suelos. Y si no lo consigues tú, Félix, ya lo aplastará alguno de los demás, te lo prometo.

Y no se lo prometía sólo a Félix. También me lo prometía a mí. ¡Por las tres patas de la gran rana! Cuando ya te enfrentaste con cuatro Fieras y aún te esperan ocho, el menor cansancio se te cuelga de las piernas como un bloque de hormigón, la respiración se te convierte en un jadeo y los pies te pesan. Y si encima te toca alguien como Félix, quiero decir

alguien como Félix el Torbellino, se te nota hasta
el partido del
último sábado
en los huesos.
    Pero
¿qué podía
hacer? ¿Qué
habrían hecho
ustedes en mi lugar?
¿Se hubieran rendido?
¿Habrían protestado porque aquello era injusto,
poco deportivo, terriblemente malvado, una
canallada? ¡Contesten! No habrían hecho nada
de eso, estoy seguro. Nadie en este mundo haría
eso. No en medio de un partido, cuando uno
aceptó el reto y ya se considera una Fiera.

    Así que seguí. Al cabo de siete minutos durí-
simos, el número 7 abandonó el campo,
pero no porque hubiera perdido, sino
porque tenía problemas con su asma.
    A Félix el Torbellino le siguió
Jojo, el que baila con el balón, que
me tuvo nueve minutos en un
baile. Markus el Invencible,
aunque era portero,
hizo lo que pudo, y
Marlon, el número 10,
fue una pesadilla.

A ése, la victoria se le pega a
los tacos. Estuvo cerca tres veces y
tres veces envió la pelota al poste.
Después de un tormento de
quince minutos, tuvo mala
suerte: quiso cortar mi tiro
y se metió un autogol.
La victoria estaba casi servida,
pero yo estaba completamente hecho
polvo, no podía más. Y Maxi
Futbolín Maximilian, el niño
del tiro más potente del mundo,
ya había saltado al terreno de juego. Se me plantó
enfrente, y marcó una sonrisa silenciosa y traviesa
que me hizo ver claramente lo que pensaba de mí.

—Te metiste en problemas, turco cabezota.

—No te preocupes,
para ti basto y
sobro, Maxi
bumm-bumm
—murmuré.
Apreté los
dientes con
fuerza, salté y
al cabo de
un minuto
ya lo
había sacado
del campo.

—¡Bien! —grité levantando el puño—. Bien, bien y requetebién.

Pero si conseguí impresionar a León o a Fabi con ese gesto, lo disimularon condenadamente bien.

—Bueno, me toca a mí —gritó el delantero derecho más rápido del mundo mientras saltaba al campo. Se colocó a mi lado y esperó tranquilamente a que Willi pusiera la pelota para el juego—.

Espero que estés bien preparado. —Rio—. Porque ahora iremos más rápido. Willi lanzó la pelota hacia arriba y, antes de que yo pudiera reaccionar, Fabi ya estaba allí.

—Realmente rápido. —Se rio.

Paró la pelota con la cabeza, la envió a su campo elevándola por encima de las cajas de cerveza y empezó a correr.

Yo no tenía la menor oportunidad.

Ni siquiera estando más descansado habría podido seguir el ritmo de Fabi y, encima, las piernas me pesaban más que el plomo. Tenía que planear algo si no quería resignarme a ir detrás como un imbécil. Y lo que hice, apurado como estaba, no quedó muy bien, lo reconozco.

Salté las cajas de cerveza y me situé directamente delante de mi portería, decidido a que ninguna pelota del mundo se me pasara entre las piernas. Ahora le tocaba a Fabi ingeniárselas para hacerme abandonar mi posición.

Igual que un indio en pie de guerra, empezó a dar vueltas alrededor de las cajas como si fueran una caravana de carretas.

—Oye, De...e...e...niz —gritó—. Tú, turco cabezota, ha...a...a...z algo. Aquí estoy. ¿O aca...a...a...so tienes miedo?

Apreté los puños. A mí eso no me lo decían sin pagarlo caro. Mis pies, nerviosos, querían salir tras de Fabi. Pero mi cabeza los detuvo.

«No, sería un error. Nada de fallos. Lo que le duele es precisamente que no hagamos nada», pensé de repente. Y acerté.

Fabi corría enloquecido arriba y abajo, buscando un hueco en vano. Entonces lo intentó con todas sus fuerzas, y a sólo dos metros de distancia, me tiró un par de cañonazos, tal vez tres, lanzándome el balón contra las piernas. Al final calculó el tiro y soltó un cuarto trallazo que habría hecho honor a Maxi Futbolín Maximilian si la pelota no se me hubiera quedado precisamente entre las piernas.

La sorpresa me duró lo que dura un parpadeo, mientras Fabi se doblaba de risa sin poder evitarlo al verme allí, delante de mi caja-portería con las piernas en rombo y la pelota entre las rodillas.

—¿Vieron? De...e...e...niz puso una pelota como gallina.

Pero a Las Fieras se les pasó la risa de golpe, pues en ese momento, con la pelota aún entre las piernas, di una voltereta hacia atrás, sobrepasé las cajas de cerveza y, ya en el campo de Fabi, empujé la pelota al fondo de su portería. ¡Por las alfombras voladoras de Oriente!, eso sí que causó impacto.

Fabi enmudeció y a León le cambió la cara. Furioso, avanzó un paso y me miró fijamente a los ojos.

—¿Qué? ¿Qué esperas? —susurré—. Ven de una vez. Así perderás, igual que tu amigo.

León se estremeció y apretó los puños, pero supo dominarse, igual que yo.

—No sé si tendrás la suerte de jugar conmigo —replicó tan seco como una piedra—. Vanesa, tu turno. ¿O acaso te niegas a jugar contra una niña? No sé, De...e...e...niz, a lo mejor es demasiado buena para ti. A mí ya me ganó alguna vez.

No dije palabra. Me puse al lado de la chica y, cuando su hombro tocó el mío, me puse rojo hasta la punta de los pelos. ¡Por las tres patas de la gran rana!, la tal Vanesa no sólo era intrépida sino también condenadamente guapa. Echó a correr con los cabellos castaños ondeándole alrededor de la cabeza. Me quedé embobado mientras ella esperaba el balón que Willi había lanzado al aire y ella la voleaba.

¡Por las alfombras voladoras de Oriente!, yo estaba como hipnotizado y no reaccioné hasta el último momento. Corté su tiro y, al igual que había hecho con Fabi, bloqueé la portería y me puse alerta: ella atacaría en seguida. Pero Vanesa no tenía la menor intención de hacer eso. Se las sabía todas. A dos metros de mí se paró y puso el pie sobre la pelota.

—A ti ya te hice un túnel. —Sonrió descaradamente—. Y ¿sabes una cosa? Te apuesto a que te hago otro.

—Sólo apuestan los tontos —le repliqué, tensando los músculos.

—¿Eso significa, quizá, que tienes miedo? —se burló.

—Olvídalo —dije—. No pienso moverme de aquí.

Las piernas se me curvearon, querían demostrarle a Vanesa lo que yo valía. Pero Vanesa sabía perfectamente lo que hacía. Le dio un empujón a la pelota, que rodó hasta pararse exactamente en medio de los dos.

—Así que tienes miedo —susurró como un aguijón rebozado de miel—. Lástima, realmente creí que eras una Fiera.

Me miró con menosprecio y durante veinte
segundos aguanté su mirada.

—Bien, como quieras, acepto la apuesta
—mascul
é mientras ya iba por la pelota.

Vanesa reaccionó rápidamente como un rayo.
Sólo pude presentir su movimiento. Su pierna
derecha se adelantó y la punta del pie hizo pasar
el balón entre mis piernas y entrar en la portería.

No lo podía creer. Yo, Deniz, el vencedor, el
futuro mejor número 9 del mundo, había perdido contra una niña. Completamente agotado
y atónito, me desplomé sobre las rodillas.

LEÓN Y FABI SE VAN

Media hora después de mi derrota frente a Vanesa aún no me había movido. Estaba sentado sobre la hierba y observaba lo que pasaba a unos diez metros de distancia. Allí, delante de la tienda, se habían reunido Las Fieras para hablar sobre mí, pero la conversación derivó rápidamente en una discusión acalorada.

—¿Votar? ¿Para qué? —protestaba León—. ¿Tengo que decirlo mil veces? Ya somos doce y cualquiera que venga estará de sobra.

—Exacto —corroboró Fabi—. Si aceptan a Deniz, alguno de ustedes tendrá que hacerse más amigo de la banca.

—¿Alguno de nosotros? —preguntó Marlon sorprendido—. No me hagas reír. Deniz es un delantero, juega en la posición de León o de delantero izquierdo, en la tuya.

—Eso es. Y, aprovechando, lo hace bastante bien —añadió Vanesa.

Fabi se puso rojo como un jitomate.

—No me digas. Pues tú le ganaste. Maldita sea, ¿quieren en el equipo a uno que pierde con una niña?

Los ojos de Vanesa se estrecharon hasta convertirse en una rendija.

—¿Hablas en serio?

—Claro que hablamos en serio —saltó León para apoyar a Fabi, que era su mejor amigo.

—Bien, lo escucharon todos —concluyó Vanesa—. Entonces, Fabi y León tienen que dejar el equipo, porque les gané el día de mi torneo de cumpleaños.

Se hizo un completo silencio. León y Fabi miraron a Willi, pero éste no dijo nada. No se parecía en nada a Böckmann, el entrenador del Atlético Hertha 05. Para Böckmann, nosotros éramos pequeñas máquinas teledirigidas. En cambio, Willi escuchaba con atención y se tomaba en serio cualquier cosa que se dijera. Todos tenían derecho a expresar su opinión. Así que esperó a que hablara el siguiente. Para evitar que la cosa se pusiera peor, se levantó, fue a la tienda y repartió jugos de manzana entre todo el mundo (menos a mí, claro).

—Yo creo que Vanesa tiene razón —intervino Marlon—. Deniz es muy bueno y seguro que sería un gran refuerzo.

—Exacto —se apresuró a decir Félix—. Y quizá nos estemos equivocando si lo echamos sólo por miedo.

—No me hagas reír —contestó León—. ¿De verdad creen que ése me da miedo?

—Él no —dijo Rocce secamente—, pero sí de lo que es capaz.

—Bien, ya lo entendí. —León se levantó—. Todos creen que es mejor que nosotros, ¿no?, mejor que Fabi y que yo.

Estaba que echaba humo. Lo mismo que Fabi, que se puso a su lado.

—Entonces ¿por qué no le dicen que juegue con ustedes? —propuso.

—Eso es. —Lo apoyó León—. Pero si él viene, nosotros dos nos vamos.

¡Fsssss!

La frase cayó como un mazazo y pulverizó cualquier otro ruido. Semejante silencio sólo se da en situaciones de extremo peligro. Escuchábamos los latidos de nuestro propio corazón. Sí, yo también. No era aquello lo que pretendía, ni yo ni nadie. ¿Qué eran Las Fieras sin León y Fabi? Eran los gemelos de oro, el dúo huracanado, la marea contraatacante, los más fieros entre miles. Ellos lideraban Las Fieras hasta ese momento. Sin León el Gran Driblador jamás hubieran ganado a Michi el Gordo cuando éste se apoderó de su campo. Y sin las ideas de Fabi, el delantero derecho más rápido del mundo, haría tiempo que Las Fieras estarían sepultadas bajo montañas de castigos prohibiéndoles salir de casa o jugar futbol. Sin las ideas de Fabi, jamás hubieran

conseguido el dinero para las camisetas que necesitaban para jugar contra el Bayern y enrolar a Rocce
el Mago en Las Fieras.

De todo esto me enteré más tarde, pero ya se
respiraba en el ambiente entonces, mis sentidos lo
percibían. No pude soportarlo más, no quería ser
culpable de que el mundo entero se convirtiera en
una mina de carbón. Me levanté, recogí la bolsa
de deportes, me cambié de zapatos, me enfundé la
gruesa chamarra de motociclista de mi abuelo y me
fui silenciosamente. Con la mirada testarudamente
clavada en los pies, me deslicé por detrás de la
tienda de Willi, pero cuando ya llegaba a la puerta
del Caldero del Diablo, Raban me cortó el paso.

Me miró directamente a la cara a través
de los cristales de sus lentes, gruesos como
fondos de botella, y le vi los ojos muy grandes,
parecidos a los del Pato Donald. ¡Por las
tres patas de la gran rana, parecía Raban el
Payaso! Pero el payaso desbordaba coraje.

—No nos dejaremos amenazar —dijo mientras
lanzaba una mirada decidida a León y Fabi.

Entonces sacó las dos botellas de jugo que
escondía en su espalda y brindó conmigo.

—Todo saldrá bien. —Sonrió Raban. Y, como yo
no sabía de qué iba la cosa, añadió muy serio—:
Mientras seas una Fiera.

—Mie...e...e...ntras seas una Fiera —repetí con
una sonrisa, echándome el jugo sobre la cabeza.

¡Por las alfombras voladoras de Oriente, lo había conseguido! Las Fieras me aceptaban.

Fueron acercándoseme lentamente. Y lentamente, aunque no indecisos sino con firmeza y convencidos, brindaron todos conmigo, incluido Willi.

«Todo saldrá bien —las botellas tintineaban—, mie...e...e...ntras seas una Fiera». Nadie hacía caso a León y a Fabi, que aún esperaron unos instantes antes de tomar sus cosas, montar en la bici y salir del Caldero del Diablo para siempre.

LA ÚLTIMA OPORTUNIDAD

De camino a mi casa aún sostenía con fuerza la
botella de jugo de manzana, el primero que había
compartido con Las Fieras. Estaba muy feliz. Para
que quedara claro cuánto significaba para mí esa
botella, agarré un marcador y le pinté la etiqueta
de color negro como la noche. Lo único que dejé
blanco fue el logo de Las Fieras. Como si fuera
la Copa del Mundo, la envolví cuidadosamente
con la ropa que llevaba en la bolsa de deportes
y la guardé. Estaba de un humor fantástico. Ni
siquiera me acordaba de que había faltado a la
escuela, de que había mentido a mi maestra, la
señora Hexerich, y de que había ido a entrenar
con Las Fieras contra la voluntad de mi papá.

Bajé en Freimann.

Afuera se había hecho de noche y no reconocía
las calles. Los portones se me venían encima
como agujeros negros surgidos de la niebla.

Al menor ruido me daba la vuelta asustado. Los pasos que escuchaba a mis espaldas eran de ladrones, asesinos y cazarrecompensas.

Me perseguían a mí, a De...e...e...niz, el héroe de las galaxias. Daban una recompensa de diecisiete mil estrellas solares de oro por mi muerte.

Y de repente la vi, la loca más traidora e insidiosa del universo, que sobre sus altos tacones y segura de su triunfo me buscaba. La reconocí en seguida por el olor, por su respiración levemente sibilante: Darth Hexerich, la última de la dinastía Escuela, junto a la entrada del Carl Orff.

Salí corriendo, huí tan de prisa como pude, pero al tercer paso choqué contra una pared gigantesca. Era el pecho de Dschabba, el diablo, el poderoso Fritz, saliendo de entre la niebla. Me agarró del pelo, me levantó a la altura de su calva de volcán y me hubiera devorado en seguida si, para mi total desgracia, no hubiera aparecido entre la niebla, como un gato negro, el más malvado: Sarzilmaz el Negro, señor de todo y de todos, que detuvo a Dschabba Böckmann con un silbido.

—No, éste es mío —dijo fríamente, y se transformó en mi papá. Darth Hexerich se convirtió en la señora Hexerich, mi maestra, y Dschabba, el diablo, en Friedrich Böckmann, el entrenador del Atlético Hertha 05. Mi papá les dio las gracias amablemente.

Llevaban más de dos horas buscándome, preocupadísimos tras mi desaparición de la escuela.

Pero entonces todos los temores se desvanecieron. Me refiero a los suyos, claro, porque los míos me asaltaron en bloque, y mi papá me dejó todo el tiempo del mundo para disfrutarlos. Volvimos a casa sin cruzar una palabra. Una vez allí, me colocó, como un condenado a muerte, delante de la mesa de la sala de estar. Mi mamá y él tomaron asiento y me contemplaron un rato. Se llevaban las manos a la cabeza continuamente.

—¿Por qué, Deniz, por qué? —me preguntó mi papá.

—Te lo prohibimos —añadió mi mamá.

—Sí, sí, ya lo sé —titubeé—, pero me a...a...a... ceptaron. Fue un logro. Tuve que ganarles a todos.

—Eso no es una respuesta a mi pregunta —dijo mi papá, y me miró aún más severamente.

—Sí que lo e...e...s —repliqué, aguantándole la mirada—. Böckmann es un mal entrenador. Me enfermo cuando lo veo. Pero hoy estoy muy orgulloso: lo conse...e...e...guí. Fui a Grünwald completamente so...o...o...lo, vencí a casi todas las Fieras y me aceptaron en el equipo, aunque al principio no querían. De verdad, ahora soy una Fiera.

Mis papás se miraron entre ellos. Los ojos les brillaban detrás de su expresión estricta. Creo que también estaban un poquitín orgullosos de mí, a pesar de la preocupación y el disgusto.

—Ma...a...a...má, pa...a...a...pá, por favor. Las Fieras son el me...e...e...jor equipo de futbol del mundo.

Una sonrisa se asomó en los labios de mi papá, muy brevemente, y volvió a desaparecer.

—Pero tengo que castigarte —dijo—. Te fuiste de pinta, engañaste a la maestra e hiciste caso omiso de lo que te dije.

—Sí, es verdad, pero lo de la señora Hexerich fue sólo una artimaña. Tú lo dices siempre: cuando uno es pequeño se puede engañar a los mayores. Eso no es ser mentiroso, es ser listo, lo dices siempre.

Mi papá movió la cabeza y, para no sonreír, se tiró de los cabellos con tanta fuerza que se hizo daño.

—Además, no podía hablar contigo; no me escuchabas —añadí rápidamente.

—Aun así —insistió él— te voy a castigar. Vas a ayudar a tu mamá las próximas tres semanas a limpiar tus tacos de futbol, los de Boran y los de Tolgar, ¿entendido?

Tragué saliva. Aquello era realmente duro. Lo de limpiar los tacos no, eso no: me refiero a lo demás. Mis hermanos iban a disfrutar de eso. Me tendrían por su limpiatacos, su criado, su siervo, su esclavo. Y además, se lo contarían a todo el mundo. Pero por otro lado no estaba tan mal el castigo, así que podía estar contento. Entonces mi papá volvió a tirarse de los cabellos y me expuso con todo detalle los horrores que me aguardaban si volvía a decepcionarlo.

—Entonces, está bien. Pero si también te vas de este equipo, Deniz, se acabó el futbol para ti.

Me quedé sin respiración. La amenaza causó impacto. Para mis papás, el futbol lo era todo. Ya les hablé de mi bolsa de deportes y de lo que mi papá esperaba de mí. Estaba firmemente convencido de que lo conseguiría, igual que lo había hecho mi abuelo, que había ganado el campeonato turco. Su chamarra de motociclista, demasiado gruesa y demasiado grande, la había heredado yo.

No, no podía permitir que eso pasara. Si dejaba de jugar futbol, dejaría de formar parte de la familia.

Tragué saliva, pero acepté las condiciones de mi papá.

—Con u...u...una condición —me atreví a añadir—. Tienes que ir a ver a Böckmann, pa...a...a...pá. Necesito mi tarjeta de jugador. Y si ma...a...a...má puede llevarlo a la Federación regional, ya saben, a la calle Brienner, harán el cambio el mismo día. Así, el próximo partido ya seré una Fiera.

Mis papás casi se me echan encima.

—Por favor. Me ne...e...e...cesitan —dije bajito. Y sonreí maliciosamente—: ¿Saben? Por mi causa sacaron a dos jugadores del equipo a León y a Fabi. Ya ven qué importante soy.

—A la cama —ordenó mi papá. Pero por severo que sonara, estaba orgulloso de mí.

LAS FIERAS CF CONTRA EL CD SOLLN

Mi papá y mi mamá no me decepcionaron. Hicieron todo lo que les pedí. Obtuve la nueva tarjeta de jugador, y el entrenamiento fue como una seda. Al principio, los ánimos en el Caldero del Diablo estaban algo decaídos a causa de la ausencia de León y Fabi, pero no por eso Las Fieras se preguntaron por su decisión. A un equipo no pueden chantajearlo ni siquiera sus líderes, por muy buenos que sean.

Pero el sábado todo estaba olvidado. El sábado había partido contra el CD Solln, un verdadero festival, por las alfombras voladoras de Oriente. El Solln era el punto rojo de la clasificación del octavo grupo. No habían metido ni un gol. Si le ganábamos 12 a 0, nos pondríamos en segundo lugar y así mantendríamos nuestras posibilidades de ser campeones. Mi papá nos lo explicó con toda exactitud a mi mamá y a mí mientras íbamos al Caldero del Diablo.

Era un cálido día de octubre, y
la chamarra de motociclista de mi
abuelo me daba demasiado calor.
Descansé y cuando por fin
llegamos al Caldero del Diablo,
y pude quitármela para saltar
al campo vestido de negro como
la noche, con las calcetas naranja
brillante y el logo de Las Fieras sobre
el pecho por primera vez. Sólo que
la espalda de mi camiseta estaba
en blanco: no lucía ni número
ni nombre. Pero eso iba a
cambiar pronto, estaba seguro. Pondría
los pies en el fuego —y ya saben lo importante
que son mis pies para mí— porque mi período
de prueba habría acabado al mediodía.

Willi nos llamó y nos anunció la alineación:
Markus el Invencible en la portería, claro; en la
defensa Juli Huckleberry Fort Knox, el cuatro en uno,
y dirigiendo el juego en el centro del campo, Maxi
Futbolín Maximilian, el niño del tiro más potente del
mundo, y Marlon, el número 10. En la delantera, Félix
el Torbellino, Rocce el Mago y, por primera vez, yo.

Miré a Willi y sonreí con orgullo. Su traje de
mil rayas estaba completamente arrugado, por
lo que deduje que el sábado anterior Willi había
perdido la carrera hasta Camelot, la casa que
Juli y Joschka habían construido en un árbol de

su jardín y donde se reunían Las Fieras. Pero a Willi le daba igual, tenía otras preocupaciones.

—Deniz. —Se volvió hacia mí con el ceño fruncido y echándose la gorra de béisbol hacia atrás—. Deniz, hoy tendrás que jugar por dos, por Fabi y por León. Los dos se entendían sin siquiera mirarse y siempre sabían lo que haría el otro. Tendrás que intentar lo mismo con Rocce y Félix. Es muy importante que, por favor, les pases la pelota.

Asentí sin dudarlo, desde luego que pensaba hacerlo. Pero me olvidaba de la niebla que, como siempre, me rodeaba.

Llegó la hora de la verdad.

Willi cambió su papel de entrenador por el de árbitro del partido. A partir de ese momento tendríamos que cuidarnos solos. Pero Las Fieras estaban acostumbrados. Formaron un círculo tomados del hombro y Marlon, el capitán del equipo, contó lentamente hasta tres.

—Uno, dos, ¡tres!

—¡RAAAAAA! —Sonó un grito estremecedor.

Los del Deportivo Solln se llevaron tal susto que empezaron el partido desconcentrados. El delantero centro tropezó con la pelota, y no tardé ni un instante en hacerme con el esférico y salir disparado hacia su portería.

La defensa del equipo contrario se quedó pasmada. Mi ataque los había tomado completamente por sorpresa.

Chuté desde una distancia de diez metros y la metí por la escuadra: 1 a 0. Levanté los brazos y fui directamente hacia la tribuna VIP's de enfrente de la tienda. Mis papás saltaron del asiento y se abrazaron entusiasmados.

—Wi...i...i...lli —grité, rebosante de felicidad—. Ése es el primero de doce.

Pero Willi puso cara de enojado. Era el árbitro, no nuestro entrenador, y se limitó a mirarme pensativo y preocupado. Tampoco pareció alegrarse del 2 a 0, que también metí yo, y tras mi tercer gol, entendí por qué.

El CD Solln se había recuperado de la sorpresa y su entrenador me midió en seguida.

—¡Vayan por el turco! —gritaba—. No pasa el balón.

Y fue exactamente eso lo que hicieron sus jugadores: entrarme de tres en tres. Si hubiera visto a alguien, habría centrado, se los juro. Rocce y Félix estaban más solos que en el desierto enfrente de la portería. Un pase mío y habrían metido gol. Pero yo sólo me miraba los pies y me metí en un problema. Perdí la pelota y el Deportivo Solln contraatacó. Eran el punto rojo de la tabla, ya lo sé, pero tenían un año más que nosotros, la edad de su categoría. Incluso siendo los peor clasificados eran más altos y más rápidos que nosotros, y aprovecharon esa ventaja. El contra-ataque que siguió a mi pérdida de balón acabó en gol. Aún íbamos 2 a 1 y Rocce tomó las riendas.

Me llamó al círculo central y me pasó la pelota
para que la jugara con Marlon mientras Félix y él
iban al área contraria y recogían el centro. Así querían burlar la defensa del Solln. Pero no vi a Marlon.
Sólo veía niebla y, como no sabía qué hacer, retuve
demasiado la pelota. El delantero centro del Solln
me la quitó e inició un contraataque que igualó el
marcador.

—Pepinos y caca de pollo —me dijo Juli—. Maldito turco cabezota, ¿por qué no pasas la pelota?

La sangre se me subió hasta la raíz del pelo y
compitió con el color de mi cresta. Me sonrojé tanto
que mis cabellos, rojos como el fuego, palidecieron.
Mi papá y mi mamá también estaban avergonzados.

¡Por las tres patas de la gran rana y toda la
mala suerte de este mundo, no podía permitirlo!
Así que empecé a luchar. Estaba en todas partes,
enfrente, detrás, y corté el siguiente ataque
del Solln. No escuché a Juli cuando me dijo:

—No, Deniz, déjala es mía.

No, no lo escuché. Por eso no sólo atajé la pelota
sino que choqué con él y le clavé los tacos en la
pierna derecha. Juli cayó al suelo chillando y suje-
tándose la rodilla.

—Maldito turco, ¿estás ciego? —me gritó.

Maxi y Marlon lo sacaron del campo. Juli Huckleberry Fort Knox no pudo seguir jugando, lo había
dejado en nocaut. Y como nadie puede sustituir al
mejor defensa, en el descanso ya íbamos 2 a 3.

Las Fieras se reunieron con Willi en la tienda, pero
no me atreví a juntarme con ellos. Allí, junto a
la tienda, debajo de la sombrilla de la tribuna
VIP'S, mis papás me observaban, podía sentir
sus miradas. Y los gritos con los que mi mamá
intentó animarme no fueron ningún consuelo.

—Vamos, Deniz, lo conseguirás. Jugaste bien.
Entrenador, díselo. Deniz metió los dos goles.

Pero sus gritos junto con sus miradas agobiantes y
opresivas tenían el mismo efecto que la chamarra de
motociclista de mi abuelo. En vez de ir con los de mi
equipo, me fui a la otra punta del campo y me senté
en la hierba. Sentía tanta vergüenza que cuando Willi
pitó el inicio de la segunda parte, sólo pude decir:

—Wi...i...i...lli, no sigo.

NEGRO COMO EL CARBÓN

La segunda parte contra los del CD Solln fue
una auténtica tortura. Willi había aceptado
mi negativa a seguir jugando sin decir nada,
así que tuve que presenciar impotente cómo
perdíamos contra los últimos de la tabla.

Vanesa la Intrépida jugó en mi lugar en
la punta derecha y Jojo, el que baila con el
balón, sustituyó a Félix en la punta izquierda.
Pero, aunque hicieron buen trabajo y Vanesa y
Rocce marcaron, buscaron el empate en vano.

Joschka, los refuerzos, que tenía seis años,
no podía de ninguna manera sustituir a su
hermano Juli. Así que el Solln aumentó la ventaja. Cuando el marcador indicó 4 a 7, me fui a
escondidas sin recoger nada, ni siquiera la bolsa
de deportes o la chamarra de mi abuelo. Con los
tacos de futbol y la camiseta de Las Fieras aún

puestos, me escabullí por un agujero de la valla que rodeaba el campo y me alejé corriendo.

En la plaza del Mercado me tropecé con Michi el Gordo y sus Vencedores Invencibles. Habían acabado su trabajo en los jardines de flores y dormitaban perezosos y apáticos como águilas en una ciénaga. Pero cuando me acerqué a ellos, abrieron los ojos.

—¿Qué te había dicho? —me confrontó Michi el Gordo—. Esos bastardos son la peste. Las Fieras se te enganchan en los pies como el chicle y la mierda de perro.

Y efectivamente, justo en ese momento pisé una. El chino descomunal se moría de risa y aún siguió riéndose un buen rato cuando tomé el tranvía y desaparecí.

Una vez en Freimann, no sabía qué hacer. ¿Qué se me había perdido en mi casa? Las Fieras me habrían echado del equipo, claro, aunque me había ido corriendo antes de llegar a oírlo. Seguro que habían ido en seguida a buscar a Fabi y a León para pedirles que volvieran y todos estarían riéndose de mí. Se pasarían unas cuantas semanas diciendo:

—De...e...e...niz, el turco cegatón. ¿Te acuerdas de él?

—Hasta Raban y Joschka son mejores que él.

Sí, seguro que se burlarían de mí, y al cabo de un tiempo me olvidarían. Y mis papás también se avergonzarían de mí. Mi papá lo había dicho bien claro: «el futbol se acabó para ti». Y para ellos, que

sus hijos jugaran futbol era lo más importante del
mundo.

Así que ¿qué hacía yo en esa casa? ¿Alguno
de ustedes puede decírmelo? ¿Que a mi papá le
gustaría que empezara a jugar minigolf en seguida?
¡Por la tres patas de la gran rana, no lo dirán en
serio! Pasé de largo por delante de mi casa, me
arranqué las llaves del cuello y las tiré con los
ojos cerrados lo más lejos que pude. Después me
dirigí al parque infantil y me escondí debajo de la
resbaladilla. Maldición, había muy poco espacio.
Hacía cuatro años que me había metido allí por
última vez, cuando apenas había cumplido los cinco.

UNOS LENTES CON CRISTALES
DE FONDO DE BOTELLA

Hacia las siete oscureció y empezó a hacer un frío
glacial, al menos para alguien que sólo llevaba una
camiseta de futbol. A las nueve empezó a llover, y
el suelo de abajo de la resbaladilla se convirtió en
el mar Ártico. Me acurruqué como Obélix en una
pecera y, aunque sabía que aquella situación era
bastante lamentable para un niño como yo, no tenía
la menor intención de ponerle remedio. Me limité a
tiritar. Tiritar ayuda cuando estás a punto de aho-
garte, cuando te perdiste y ya no sabes quién eres.

Entonces, es un alivio cerrar los ojos y sentir
que tiritas, pues si tiritas es que estás ahí y te
reencuentras a ti mismo. Pero no hay que convertirse en un adicto, a tiritar, quiero decir. Porque
entonces es demasiado tarde y ya no se puede
vivir sin tiritar y sin lloriquearle a la luna como un
perro, un pequinés o un perrito faldero cualquiera.
Entonces estás perdido para siempre y da igual

dónde te sientes, Obélix tiene bastante con una pecera, y para mí un charco debajo de una resbaladilla es un sitio tan bueno como cualquier otro.

Pero las cosas no habían ido tan lejos. Aún debía de haber algo en mi interior que me sujetaba a este mundo, porque de repente abrí los ojos. Como un tigre en la jungla cuando sale de su sueño, escudriñé la niebla que, como siempre, me rodeaba. Me puse nervioso. Me entró miedo. Empecé a sentir un poco de vergüenza de mí mismo, pero no tuve fuerzas para levantarme.

Y entonces aparecieron. Como samuráis, los antiguos guerreros japoneses, se materializaron en el velo ondulante y vinieron orgullosamente hacia mí.

Fruncí el ceño. No sabía si debía tener miedo, y en realidad me daba igual, porque tampoco podía salir corriendo. Además, me gustaban. Los samuráis, quiero decir. Tenían una fachada simpática y parecían querer ayudarme. Y aunque fueran demonios, si salían de las profundidades del infierno era por mi causa. Entonces mostraron su cara. El primero que apareció en el círculo de luz de las farolas del parque fue Marlon, el número 10. A su derecha estaba Raban y a su izquierda Vanesa. De repente todas Las Fieras estuvieron allí. Justo en ese momento, volví en sí. Mi orgullo y mi honor reaparecieron y, avergonzado, me levanté de un salto. Pero me había olvidado de la resbaladilla y me di tal golpe en la cabeza que retumbó en todo el parque.

—¡Pumm! Pues sí, es él. —Joschka sonrió socarronamente—. Deniz, turco cabezota, te vas a lastimar.

Yo me frotaba el chichón que me empezaba a salir.

—¿Qué quie...e...e...ren? —mascullé—. ¿Có...o...o...mo sabían que estaba aquí?

—Nos caes bien. —Marlon se encogió de hombros—. Pensamos lo que haríamos nosotros si las cosas nos salieran tan mal como a ti.

—No digas tonterías. —Me cerré en mi error—. No entiendo por qué iba a caerles bien. Ya puedo burlarme yo solito de mí, ¿escucharon?

—Ya lo veo —ironizó Vanesa—. Si no, no estarías aquí sentado, tan encogido.

—Vete al carajo —exclamé.

—No, eso hazlo tú —me interrumpió Raban—. No te des tanta importancia por haberte escondido debajo de la resbaladilla. Todos tenemos un sitio así. Yo solía meterme por debajo de la cama de mi mamá, pero si lo hiciera hoy, me quedaría atascado y tendría que llevarla colgando. No tendría mejor cara que tú ahora mismo, ¿lo entiendes?

Raban me sonrió y, no sé por qué, no pude evitar hacer lo mismo. Le devolví la sonrisa.

—¿No te interesa saber cómo acabó el partido? —me preguntó Félix.

Lo miré sobresaltado y mi sonrisa se esfumó.

—Pe...e...e...rdieron —murmuré derrotado.

—Eso es —contestó Félix—, hemos perdido. Pero por muy poco. Siete a ocho para ser exactos.

—¿Ves? Lo que yo decía —susurré—. Y ahora, de ser campeones de otoño nada de nada.

—Lo siento, pero te equivocas —replicó Marlon pícaramente—. El líder ha empatado contra el Unterhaching, y si nosotros le ganamos al Unterhaching y nos jugamos todo en el último partido de la primera vuelta contra el Atlético Turnerkreis.

—¿Y cómo van a ganar al Unterha...a...a... ching? —pregunté completamente abatido.

—Contigo —respondió Vanesa—. ¿Con quién, si no? Contigo también habríamos ganado hoy.

La miré como si acabara de decir que yo solito era Ali Babá y los cuarenta ladrones.

—Pero si nunca paso la pelota —repuse.

—¿Y? Eso se puede arreglar —replicó Marlon.

—No, no se puede cambiar —contraataqué mientras notaba que los ojos se me llenaban de lágrimas—. No depende de los entrenamientos. Tampoco depende de mí. Depende de que...

No, no podía decirlo, ni tampoco quería.

—¿Depende de qué? —preguntó Marlon. Se agachó para mirarme.

Meneé la cabeza.

—Raban, ven aquí —dijo Marlon. Raban también se agachó.

Las lágrimas me resbalaban por las mejillas.

—Déje-e-e-nme en paz, por favor —les supliqué.

—¿Y por qué? ¿Sólo por culpa de la maldita niebla? —preguntó Raban, quitándose los lentes—. ¿Sabes?

Sin lentes a mí me pasa lo mismo que a ti, no veo nada, estoy cegatón.

—¿Y? Tú eres Raban el Héroe, a ti te da igual —le contesté. En seguida tuve remordimiento—. Lo siento, pero es que, ¿sabes?, yo tengo que ser el me...e...e...jor número 9 del mundo. Eso es lo que mi pa...a...a...pá espera de mí y, ¿has visto alguna vez un delantero centro llevar unos lentes con cristales de fondo de botella?

—No. —Raban sacudió la cabeza y se quedó mirando al suelo, dolido—. Nunca.

Por las tres patas de la gran rana, ¿por qué lo había herido de aquella manera? Pero Vanesa no cedió.

—Pues no sé, en cualquier caso a mí me gustaría más un delantero que centrara —dijo amablemente, pero en serio.

Le tomó a Raban los lentes de la mano
y me los puso con mucho cuidado.

—Entonces me daría igual si llevara lentes
de fondo de botella o no —dijo sonriendo.

Y, por las alfombras voladoras de Oriente, era la
primera vez que veía clara y nítidamente su sonrisa.
Por las tres patas de la gran rana, Vanesa era
guapa. De repente ya no tuve ningún inconveniente
en ser Ali Babá y los cuarenta ladrones y nada me
impedía derrotar al Unterhaching con Las Fieras.
Lleno de felicidad, le tendí la mano a Vanesa para
que me ayudara a salir de abajo de la resbaladilla.

Una vez junto a ella, me estiré a gusto y
sentí que recuperaba el orgullo. Respiré hondo
y miré a la lejanía. Qué gusto, la niebla había
desaparecido y veía a más de cinco metros de
distancia. Hasta veía la calle, que estaba a casi
cincuenta metros. Y también vi a mis papás, que
estaban de pie, mirándome, o al menos eso me
pareció. De repente todo me volvió a la memoria.

—No, no hay nada que hacer. —Moví la
cabeza—. Tengo que dejar el futbol. Me lo dijo mi
pa...a...a...pá: si me volvían a echar, se acabaría.

Miré desesperado a mis amigos. Sí, maldición, ya
eran amigos míos, amigos de verdad, amigos como
nunca había tenido. Habían venido a buscarme a
pesar de hacerlos perder contra el último clasi-
ficado. Porque la verdad era ésa: habían perdido
porque no les había pasado la pelota y no habían

empatado porque me había ido corriendo. Vaya una superfelicidad de Alabimbombá. ¿Por qué era la vida tan injusta? ¿Por qué en el mismo momento en que uno cree tenerlo todo, vuelve a escapársele?

Mis papás se acercaron y durante unos duros instantes deseé que Las Fieras estuvieran en la luna y yo otra vez debajo de la resbaladilla.

Pero entonces Raban se puso a mi lado.

—Malditos niñitos —exclamó, poniéndome el brazo en el hombro—. ¿Qué esperán? Deniz necesita nuestra ayuda.

—Sí, Raban tiene razón —gritó Vanesa, y se puso a mi otro lado.

Marlon, Rocce, Maxi, Juli, Jojo, Markus y Félix les siguieron. Joschka se metió entre Vanesa y yo. Nos rodeamos todos con los brazos y, cuando mis papás llegaron hasta donde estábamos, éramos como una pared.

—Señor y señora Sarzilmaz, buenas tardes —saludó Marlon.

—Tenemos que decirles algo muy importante —añadió Vanesa.

Raban sonrió pícaramente.

—¿Saben?, Deniz no se escapó, ¿entienden?

Mi papá y mi mamá miraron primero a Marlon, después a Vanesa, después a Raban y finalmente a mí. A mí, con mi cresta y los lentes con cristales de fondo de botella sobre la nariz. La verdad es

que parecía un payaso, un payaso calado hasta los
huesos dentro de una camiseta de futbol.

—Yo lo veo de otra manera
—juzgó mi papá con dureza.

—Sí, pero aun así —intervino
Félix el Torbellino, para el que
Giacomo Ribaldo en persona,
la estrella brasileña, había
elegido el número 7—, queremos
que su hijo juegue con
nosotros. Aunque no sea
todavía el mejor número 9 del mundo
y todavía le falten algunos años para serlo.

Mi mamá tragó saliva emocionada y mi
papá se movió inquieto en su sitio. Carraspeó
y carraspeó, pero no conseguía deshacer
el nudo que tenía en la garganta.

—De...e...e...niz —preguntó Joschka no
muy convencido—, ¿tu papá está bien?

—¿O es ésta la manera turcocabezota de decir que
sí a una propuesta? —Sonrió Juli, su hermano mayor.

No pude evitar reír. No pude evitarlo,
aunque a la vez lloraba. No pude resistirme
más, corrí hacia mis papás y los abracé.

—Pa...a...a...pá, necesito unos lentes con
cristales de fondo de botella. —Reí—. Si
quiero seguir siendo una Fiera. Y quiero
seguir siéndolo, ¿verdad? ¿O no me dejan?

—Lo único que te dejo hacer es ir a casa. —Mi papá se deshizo del abrazo—. Inmediatamente.

Se dio la vuelta y se dirigió a los Departamentos del Carl Orff Bogen. Mi mamá me miró y se fue detrás de él. Dudé unos instantes y, con la cabeza hacia abajo, le devolví los lentes a Raban. Después, de mala gana, me apresuré a seguirlos. Pero volví a darme la vuelta cuando Raban me llamó.

—Deniz, oye, Deniz. León y Fabi se fueron por tu culpa. Si nos dejas plantados, no tendremos la menor oportunidad de ganar al Unterhaching.

DENIZ SE PONE LAS PILAS

A la mañana siguiente mi mamá me fue a buscar a la escuela. Sin decir palabra, me agarró de la mano y nos fuimos a la ciudad. El oculista me examinó y después entramos en una óptica por unos lentes.

Me fijé mucho en que los cristales fueran de fondo de botella, como los de Raban. Lo único que cambiaba era el color del armazón: el de los lentes de Raban era rojo y el de los míos naranja brillante.

—Bueno, ahora ya no tienes excusa para no sacar dieces en la escuela —dijo mi mamá muy contenta.

—¿En la escuela? —le pregunté sorprendido—.

—Por las tres patas de la gran rana, en la escuela saco buenas calificaciones hasta con los ojos vendados. Los lentes los quiero para jugar con Las Fieras.

—¿Ah, sí? —preguntó, mirando el reloj con el ceño fruncido—. Vamos, si nos damos prisa llegaremos a la escuela justo a la hora de matemáticas, si no me equivoco.

Sonrió con disimulo y salió de la óptica.

—Un momento —dije mientras la seguía—. En matemáticas ya saco sobresalientes sin los lentes. ¿Qué con el entrenamiento? Ma...a...a... má, ¿me dejarás ir al Caldero del Diablo o no?

—Te dejamos —respondió—. Te dejamos, pero ay de ti si no le ganas al Unterhaching.

—¡Por las alfombras voladoras de Oriente! —La abracé—. ¿Convenciste a mi papá?

—Sí, sí, lo convencí. —Se separó de mí—. Pero te lo pido, no lo decepciones. Ayer casi se muere de vergüenza.

—No, no lo decepcionaré, confía en mí.

Le di un beso, volvimos a la escuela a toda prisa, hice lo imposible por concentrarme en la clase de matemáticas y por fin pude ir al Caldero del Diablo.

El camino se me hizo más corto que nunca. Con los lentes puestos, lo veía todo distinto. La niebla había desaparecido. Por las alfombras voladoras de Oriente, qué espacioso y diverso era el mundo. Por todas partes descubría cosas nuevas, y eso me daba fuerzas. Tantas fuerzas que al llegar a Sendlinger

Tor tomé adrede una dirección equivocada. Igual que el día que me fui de pinta para ir al entrenamiento de Las Fieras, tomé la línea 1 en dirección a la plaza de la Cruz Roja y me bajé en la plaza König. Allí tenía todavía dos cuentas por saldar.

Empecé por ir a la parada de taxis, aquella donde estaba leyendo el periódico el taxista al que le pedí que me orientara, ¿se acuerdan? Era la primera vez que cruzaba aquella ciudad gigantesca. Estaba totalmente solo y perdido, y aún no tenía los lentes. Pero a aquel imbécil le daba igual, había subido la ventanilla sin hacerme el menor caso.

En aquel momento volví a verlo. Era el primero de una fila infinita de taxis que se extendía ante la parada. Al parecer no había clientes y se dedicaba a hartarse de comida por aburrimiento.

Sonreí malvadamente, me metí en la cabina telefónica de la esquina y marqué el número que estaba escrito en el poste de la parada. Con los lentes ya podía distinguir esas cosas (¡incluso a cincuenta metros de distancia!). La luz del teléfono empezó a parpadear. El taxista salió de su modorra, sacó con un gran esfuerzo su panza del viejo Mercedes y se apresuró a rodear el coche para tomar el auricular.

—¿Diga?

—Buenas tardes. Necesito un ta...a...a...xi en seguida. También hace servicios por autopista, ¿verdad?

El taxista chasqueó la lengua.

—Hago servicios por donde sea —se jactó.

—¿Ah, sí? ¿A Tombuctú también va? —pregunté sorprendido.

—Sí, ahí también, por supuesto. —Parecía el más tonto de la escuela haciéndole una broma al director.

—Qué bien, porque es ahí a donde tengo que ir: a Tombuctú por la autopista y atravesando el Mediterráneo. —No podía aguantarme la risa.

—Sí, pero ¿dónde vive usted? ¿Adónde tengo que ir? —preguntó impaciente.

—¿Cómo? ¿Adónde? Un mome...e...e...nto —tartamudeé.

Miré el nombre de la calle en la placa que tenía encima: Calle Brienner.

—Venga a la calle Brienner, número 5, por favor. Pero de...e...e...se prisa, tengo una cita en Tombuctú dentro de media hora.

El taxista se metió en su taxi de un salto y apretó el acelerador, pero se saltó un semáforo en rojo y una patrulla de policía lo vio. Aunque el taxista iba a toda velocidad, la policía lo alcanzó y lo obligó a parar.

—Malditos, ¿qué quieren? —les gritó—. Tengo que ir en seguida a Tombuctú. Tengo que tomar la autopista. ¿Saben cuánto voy a ganar?

Los policías lo miraron como si le faltara un tornillo.

—¿A Tombuctú? —preguntaron—. ¿Por autopista?

—Sí, y atravesando el Mediterráneo —añadió el taxista dándose importancia.

Pero entonces
me vio: al turco
con la cresta roja,
que aún tenía el
auricular en la
mano. Además se
acordó de repente
de que Tombuctú
estaba en África.

—Espera y verás,
pequeña rata
asquerosa.
Ya te agarraré, ya —me amenazó. Pero los policías lo
sujetaron.

Me fui corriendo, riéndome a carcajadas, y no
pude controlarme hasta que llegué a la tienda. El
tendero era la segunda cuenta que tenía pendiente.
Me había tratado como a un ladrón y me había
echado de la tienda con un tirón de orejas. ¿Saben
lo que eso duele? Y a Deniz, el turco, no le hace algo
así cualquiera.

Me acerqué con cuidado y vi que tenía suerte. El
tendero estaba sentado afuera, junto a la puerta,
y roncaba como un oso al sol casi veraniego del
mediodía.

Sin hacer ruido, saqué de la mochila el letrero
que había pintado hacía días y me agaché fingiendo
atarme los zapatos, aunque en realidad lo que hice
fue desatarle los suyos y atarle las agujetas a la

silla. Después tomé las mangas de su chamarra, que colgaban del respaldo, y rodeándole la barriga y los brazos con ellas lo até a la silla de manera que no pudiera moverse. Contento del resultado, le colgué el letrero al cuello, crucé la calle y, oculto en la sombra de un portal, observé qué hacía.

No esperé ni dos minutos hasta que un peatón se paró delante del tendero y leyó el letrero muy sorprendido. Frunció el ceño, rio e hizo señas a otro peatón para que se acercara.

«Fumar es absolutamente, infinitamente peligroso —decía el letrero—, y los tenderos somos malos. Por eso dejo a todos los no fumadores que me jalen de las orejas».

Los dos peatones intercambiaron una mirada y el primero sonrió maliciosamente. Se inclinó sobre el hombre, que estaba bien atado, y le jaló de la oreja. Yo me frotaba las manos. El segundo hizo lo mismo, pero aún más fuerte y, cuando el tendero por fin se percató de que no se trataba de ninguna pesadilla, ya tenía ante él una larga fila de gente esperando su turno.

—¡Au! ¿Qué pasa? Ay, ¿están locos? Ya les daré yo... —gritó antes de darse cuenta de que estaba atado—. Maldición, ¡auuuu! ¡Desátenme!

Pero la gente no tenía la menor intención de hacerlo y seguía jalándole de las orejas.

Entonces salí de entre las sombras del portal y le lancé una sonrisa torcida.

El tendero se quedó tan asombrado que ni siquiera pudo repetir sus «¡Au!». Me miró atónito y, mientras me iba, le mandé un saludo con una sonrisa de burla. Cuando reaccionó, yo ya estaba casi a cien metros.

—Au, ay, uaaaaa —gritó.

Levanté el puño y murmuré un «Raaa», porque si algo puedo asegurales es que aquel señor no volverá a jalar a nadie más de las orejas en su vida.

Contentísimo, volví a meterme en el metro y tomé la línea U1 hasta la plaza Wetterstein, donde me subí al tranvía. Cuando llegué a Grünwald, al salir a la plaza del Mercado, la vieja se me fue encima. Sí, aquella vieja que me había amenazado con el bastón para ahuyentarme como a un vampiro. Pero esta vez iba cargada con sus compras, demasiado pesada para ella, y no me vio.

—Perdone, ¿me pe...e...e...rmite ayudarle?
—Y se la quité sin esperar respuesta.

Sonrió agradecida, pero entonces me miró bien, vio la cresta y se quedó paralizada del susto.

—No tenga miedo. —Sonreí—. No se preocupe, ya desayuné. O sea que no voy a comérmela.

Le llevé las bolsas hasta su casa y a cambio me dio una manzana. Con ella en la mano, pasé por enfrente de los jardines del mercado. Allí estaban los «enanitos del jardín», antiguamente conocidos como los Vencedores Invencibles, obligados a hacer de jardineros y barrenderos como escarmiento por haber chantajeado a Juli y haber atacado Camelot.

—Oye, Michi —grité—, tu profecía era una tontería. Las Fieras son el mejor equipo del mundo. Además, ¿cómo iba a poder pisar un chicle o una mierda de perro, si quien cuida de la limpieza eres tú?

Le di un mordisco a la manzana y desfilé por enfrente de ellos. Me sentía estupendamente, como los deportistas que, después de entrenar cuatro años, llegan a las Olimpiadas en su mejor forma. Una vez en el Caldero del Diablo, no hubo quien pudiera conmigo. Burlaba como un demonio y, por primera vez en mi vida, di muchos pases.

CON SER EL MEJOR NO BASTA

Después de calentar juntos, Willi nos dividió
en dos grupos. Nos tocaba entrenar el contraataque. Los primeros en atacar la portería
del Invencible fuimos Marlon, Vanesa y yo.

El número 10 abrió juego desde el centro hacia
la punta derecha, donde estaba yo. Arranqué,
me fui al banderín de la esquina y centré hacia
el área con la potencia de un Roberto Carlos.
Allí, Vanesa chutó en picada, y la bola, como un
torpedo a velocidad turbo, se hundió en la red.

—¡Deniz! —gritó Vanesa admirada con el
pulgar en alto—, Fabi no podía hacerlo mejor.

Luego intercambiamos posiciones: Vanesa en
la punta derecha y Marlon en la izquierda. Yo
permanecí al acecho en el centro del campo hasta
que Vanesa me pasó la pelota. Di un salto, alargué

de un cabezazo el centro hacia Marlon, que estaba a mi espalda, y éste tiró con la izquierda un cañonazo despiadado que el Invencible no pudo parar.

—¡Raaa! —gritó Marlon levantando el puño.

—Todo saldrá bien... —empezó Vanesa mientras se me acercaba para chocar las palmas.

—Mientras seas una Fiera —acabé la frase prendido de su sonrisa.

—Así lo hubiera hecho León. —Sonrió—. Exactamente así.

—Y así es como vamos a enviar a la luna al Unterha...a...a...ching —grité—. ¿Lo escu...u...u...charon todos?

Miré a mi alrededor esperanzado. Me sentía más feliz y orgulloso que nunca.

—Y se los prometo. Cubriré el hueco de Fa...a...a... bi y León.

Triunfante, levanté el puño, pero en vez de recibir aplausos, me respondió un silencio sepulcral.

Como si hubiera pronunciado un hechizo mágico que los hubiera dejado a todos mudos, Las Fieras me dieron la espalda, se acercaron a la tienda y se sentaron en la hierba con aspecto cansado.

El único que se quedó en el centro, mirándome, fue Willi.

—¿Qué pa...a...a...sa? —le pregunté inquieto—. ¿Qué es lo que hi...i...i...ce?

Willi fruncía el ceño.

—¿No lo sabes? —me preguntó como si fuera
la cosa más evidente del mundo—. Acabas de
afirmar que eres mejor que dos Fieras juntas.

—Exactame...e...e...nte. Porque lo soy
—repliqué—. Y pueden estar contentos de tenerme
con ustedes. Esos dos ya no están aquí, se rajaron.

—Exactamente igual que tú —respondió
Willi—. Tú también saliste corriendo.

—Sí, y ustedes fueron a busca...a...a...rme.
Fueron a buscarme porque me necesitaban.

—No, fuimos porque nos caes bien —contestó
Willi— y porque tienes mucho de Fiera. Pero León y
Fabi son insustituibles. Así que, por favor, haz que
regresen.

—¿Yo? Wi...i...i...lli, ¿estás loco? No quiero
hacer eso —me enojé. Con grandes zancadas fui
a donde estaba mi bolsa de deportes y añadí—:
Si quieren a Fabi y a León, vayan a buscarlos
ustedes mismos, pero entonces olvídense de mí.

Dicho esto, recogí rápidamente mis cosas y me fui.
La única que me miró fue Vanesa y quizá esa mirada
fue la culpable de lo que sucedió inmediatamente.

Cuando llegué a lo alto de la colina, me
di la vuelta por última vez. En el Caldero del
Diablo, Willi se había sentado en la hierba
con Las Fieras. Parecían desorientados, tan
desorientados como yo. No podía volver a casa.
Allí, mi papá estaba esperando que volviera a

decepcionarlo, y en el Caldero del Diablo acechaba
lo que más temía: el miedo a no ser el mejor.

Confundido, me senté sobre la bolsa de deportes
y, si no hubieran aparecido Raban y Vanesa, aún
estaría ahí. Se sentaron a mi lado sin abrir la boca,
esperando. Al final ya no pude soportarlo más.

—¡Por las alfombras voladoras de Oriente! —Me
puse de pie. Hice gestos de irritación y los miré
con actitud de reproche. Raban levantó la cabeza
y me sonrió con picardía, y Vanesa me obsequió
una de sus irresistibles sonrisas. Por las tres patas
de la gran rana, ¿por qué no me quité los lentes
y los tiré por ahí? Pero ya era demasiado tarde.

—Está bien, iré a buscarlos —maldije. Y me fui
enojado.

Vanesa y Raban me siguieron con la mirada, y la
sonrisa de ella se transformó en una expresión triunfante. Los dos chocaron las palmas estrepitosamente
y me siguieron.

EL BALÓN ESPINILLERA FLOTANTE

Caminamos por toda la ciudad hasta encontrar finalmente a Fabi y a León en la orilla del río, junto al puente. Se habían tumbado en la hierba y, a falta de hacer algo mejor, tiraban piedras al agua. A pesar de que éramos enemigos y competidores, los entendía perfectamente.

Por las tres patas de la gran rana, ¿qué se supone que puede hacer una Fiera aparte de jugar al futbol? Nada de nada, por mucho que se obligue a sí mismo. Y Fabi y León se lo habían tomado muy a pecho.

Habían colgado los tacos de futbol en lo alto de un árbol, habían desinflado el balón, le habían puesto por mástil un palo encajado en la válvula y por vela las espinilleras de León, y lo habían dejado, como un velero, flotando flácido sobre el río. En cuanto a su camiseta de Las Fieras, cada uno había enterrado la suya en un agujero, utilizando cajas de zapatos como ataúd.

Maldición, qué triste. Me habría gustado sentarme a su lado y ponerme a llorar cuando saliera la luna con ellos. Pero no estaba solo. Raban y Vanesa habían venido conmigo y se involucraron bastante.

—Malditos niñitos —les dijo Raban—. ¿No les da vergüenza? ¿Qué ha sido de ustedes?

Pero León y Fabi no dijeron palabra, ni siquiera nos miraron. Siguieron tomando piedras y tirándolas al río: intentaban hundir el balón espinillera flotante.

—Oigan, ustedes, tontos, soy Vanesa. ¿De verdad quieren que una chica los vea así?

Pero hasta eso dejó indiferentes a León y a Fabi.

No podía creerlo. Casi me arranqué la cresta de lo enojado y triste que estaba. Por un lado,

no quería saber nada de ellos, pero por otro,
me avergonzaba de su comportamiento. ¿Cómo
podían abandonar todo de aquella manera?
¡Por las alfombras voladoras de Oriente!

—Bueno, ya es suficiente —exclamé como si me
aconsejara el mismísimo diablo—. Hoy es día de
sa...a...a...ldar deudas. Ya cobré dos y nosotros,
León, aún tenemos pendiente una importante.

—No me digas —replicó el ex líder de Las
Fieras. Parecía tan desinflado como el balón.

—Pue...e...e...s sí. Y vaya cuenta, ¿te acuerdas?
El día del entrenamiento de prueba no te atreviste
a jugar contra mí, ¿o acaso me equivoco?

—Sí, te equivocas —replicó León, que ya no
parecía tan aburrido—. No tuve necesidad de jugar
contigo, ¿acaso lo borraste de tu memoria? Ya habías
perdido.

—Sí, pero no contra ti, maldición. Fue contra
Vanesa. ¿Acaso quieres esconderte detrás de una
niña?

—Repite lo que dijiste. —León se levantó de
un salto y me miró con ojos centelleantes.

El aburrimiento se le había esfumado
y por fin lo tenía donde quería.

—Vamos, repítelo —me amenazó.

—No, no pienso hacerlo —le respondí decidido—.
Ha...a...a...sta que no esté del todo seguro de que
es verdad.

—Claro, ¿y cuándo va a ser eso?

—Cuando juegues contra mí... y pierdas. —Sonreí en plan retador.

—Ya puedes darlo por hecho. —León escupía fuego—. Nos veremos las caras. ¡Ahora!, en el Caldero del Diablo.

Dicho esto, se metió en el río, nadó hacia el balón espinillera flotante como si compitiera por una medalla de oro y lo sacó del agua.

EL DUELO

Quince minutos después, León y Fabi aparecieron en el Caldero del Diablo. Vestían con el uniforme de Las Fieras completo. Querían demostrar a todo el mundo que estaban preparados para el combate.

El terreno de juego ya estaba señalado: siete por doce metros, y de portería, dos cajas de cerveza espalda contra espalda en el centro del campo. Sin ni siquiera saludar, León pasó por nuestro lado, saltó a la cancha y se me plantó enfrente.

—Jugaré con una condición —dijo

en voz alta y clara—. Si gano, Fabi y yo
volvemos al equipo, pero Deniz se va.

—¿Y si pierdes? —pregunté sin dejarme intimidar.

—Entonces, las cosas se quedan como están
—contestó sin dudar.

Lo miré y asentí con la cabeza.

—Bien, hecho. No ves ninguna posibilidad de que
jugue...e...e...mos juntos en el mismo equipo, ¿no?

—No, ¿a qué viene eso? ¿Te ha dado miedo? —se
encolerizó.

—Sí —dije sin poder creerme lo que estaba
diciendo—. Sí, tengo miedo. Sólo que no sé muy
bien de qué.

—Pues te lo voy a enseñar con mucho gusto.
—Rio León—. Vamos, ¿qué esperas, Willi? Silba el
comienzo.

Viendo nuestras caras encendidas, Willi nos
advirtió severamente:

—Esto es un duelo futbolístico, ¿está claro?

Esperó a que asintiéramos.

—Bien, porque si alguno de ustedes se olvida de la deportividad aunque que sea un poco, será la última vez en su vida que vea el Caldero del Diablo por dentro.

León y yo tragamos saliva. Willi había hablado muy claro y muy en serio, y sabíamos que no haría ninguna excepción.

Empezamos. Willi pitó y lanzó la pelota al aire. León y yo saltamos por ella sin esperar a que tocara el suelo. Nuestros hombros chocaron con un fuerte crujido, pero no fue falta porque mantuvimos los brazos pegados al cuerpo. No escatimamos esfuerzos, no dimos ninguna pelota por perdida

ni evitamos el combate. Al cabo de un cuarto de hora, algunas Fieras empezaron a sentarse en la hierba y, después de una hora, ya estaban todos.

Willi envió a Marlon y a Rocce a la tienda por jugos de manzana y a nosotros nos ofreció un descanso. Pero estábamos demasiado enojados para eso, no podíamos esperar.

Lo único en que pensábamos era en derrotar al otro. Al cabo de dos horas nos arrepentimos.

Teníamos la lengua como estropajos y nuestros compañeros, sin ánimos para seguir un encuentro tan largo, dormitaban. Al final, ni siquiera Willi podía más y nos pidió que siguiéramos jugando sin árbitro. Cuando se hizo de noche, los dos

abandonamos a tropezones el campo, pero
sólo para encender los reflectores y seguir.

Continuamos jugando todavía durante un
rato, primero de pie, después de rodillas y al
final a gatas, hasta que no pudimos más.

Agotados y medio muertos caímos sobre la hierba.

—... ñana t'erm namos —resolló León.

—¿Qu'dij... dijiste? —intenté preguntar aunque
jadeaba igual que él.

—Mañana terminamos —masculló León.

—Bueno —murmuré.

—Y en...tonces, juga...remos juntos para
siempre. —Sonrió León, y se apoyó en mi brazo.

DE HOMBRE A HOMBRE

Cuando llegué a casa eran más de las diez y media. Mis papás trabajaban los dos y por eso durante el día nadie se preocupaba demasiado de nosotros, pero por la noche, era otra cosa. Las diez y media era muy tarde. Metí la llave en la cerradura sin hacer ruido y abrí la puerta de mi casa. Quería meterme en seguida en la cama y esperaba que al día siguiente, con todo el lío del ir-a-la-escuela-y-al-trabajo, se olvidaran de que había llegado tan tarde. Pero para ir al cuarto que compartía con Tolgar y Boran tenía que cruzar la cocina, y allí estaba mi papá, muy nervioso.

Me dio miedo. En noches como aquélla me daba cuenta de que sabía muy poco de él. Ni siquiera tenía la menor idea de lo que hacía, de en qué trabajaba. El caso es que estaba realmente nervioso. Una vez me habían explicado por qué: estaba enfermo. Quiero decir, a veces se ponía enfermo y hasta tenían que internarlo en el hospital. Pero aquella noche estaba en casa y, gracias a la luz que salía del refrigerador abierto, pude ver que me miraba muy enojado.

—¿De dónde vienes? —Al preguntármelo, derramó la leche que iba a echarse en el café.

No dije nada. Me preguntaba cómo le caería beber café si no podía dormir.

—¿De dónde vienes? —repitió—. ¿Te volviste a perder?

Negué con la cabeza. Tenía que ser precavido.

—Entonces, ¿escapaste del equipo? —me reprochó.

—No —repliqué—. Hoy di...i...i...i la cara.

Mi papá frunció el ceño. Nunca sabía cómo iba a reaccionar.

—Dar la cara. —Rio—. Eso está bien. Eso está muy bien.

Agarró su café y se sentó.

—Vamos, ven aquí —ordenó—. Tienes que contármelo.

De pronto estaba muy simpático y le brillaban los ojos como estrellas en una noche sin luna. Cuando se ponía así, lo quería muchísimo. Ése era mi papá.

—Vamos, cuéntame, Deniz. ¿A quién le diste una lección?

—A León —contesté.

—¿Qué León? —preguntó. Parecía que se volvía a poner nervioso.

—León el Gra...n...n...Driblador, goleador y servidor de pases a gol, el líder de Las

Fieras. Tuvo que irse del equipo por mi culpa, porque no quería que jugara con ellos.

—¿Ah, sí? ¿Y cómo es que le diste una lección? ¿Quería regresar? ¿Te retó a un duelo? ¿Quería sacarte definitivamente? —me preguntó muy pendiente.

—No —contesté—. Fui a buscarlo. Le pregunté si quería volver con nosotros.

—¿Estás loco? —exclamó mi papá. Pegó un salto y con el reverso de la mano tiró la taza de café al suelo—. ¿Por qué hiciste esa tontería? Tú eres el mejor, Deniz, te lo digo en serio. No necesitas a León para nada.

—Sí lo necesito —repliqué, y levanté la cabeza—. Y a Fabi también. Los necesitamos para no volver a perder el sába...a...a...do contra el Unterhaching.

Mi papá se paseó nervioso por la cocina.

—Tú tampoco quie...e...e...res que perdamos, ¿verdad? —le pregunté.

Se quedó quieto. Parecía desanimado, pero sus ojos volvían a brillar. Me miró.

—Por supuesto que no, Deniz, por supuesto que no.

Apreté los puños y me clavé las uñas en las palmas.

—Y ¿qué vas a ha...a...a...cer si perdemos?

Mi papá me miró confundido.

—No te entiendo, Deniz —dijo.

—¿Sabes? Hoy aprendí mucho —intenté explicarle—. Aprendí que hay algo aún más importante que ganar.

La mirada de mi papá se ensombreció.

—Por favor, no me entiendas mal —me apresuré a decir—. No es ninguna excusa, no es que quiera perder. Pe...e...e...ro podría pasar y me da mucho mie...e...e...do, ¿sabes? Te...e...e...ngo miedo de no saber perder, por ti.

—Pero, Deniz, piensa en tu abuelo y en su chamarra, que siempre llevas puesta. Seguro que quieres ser como él, el mejor número 9 del mundo.

—Sí, pero la chamarra de motociclista me queda grande —respondí—. Es de...e...e...masiado grande y demasiado gruesa, ahora me doy cuenta.

—¿Y la bolsa? —me preguntó mi papá—. La bolsa te la regalé yo para que siempre supieras cuánto creo en ti.

—Sí, ya lo sé. —Tragué saliva e hice una larga pausa—. Pe...e...e...ro ¿quieres decir que no dejarás de creer en mí si pie...e...e...rdo alguna vez? Eso me lo hace mucho más difícil. Después de mirarme profundamente a los ojos, más profundamente que nunca, mi papá me abrazó.

EL CD UNTERHACHING
CONTRA LAS FIERAS CF

El sábado fuimos todos a Unterhaching. Willi había
conseguido un minibús y nos sentíamos como si fué-
ramos profesionales. Hasta León y Fabi se compor-
taron como si nada hubiera pasado, como si nunca
se hubiera producido la escena a orillas del río.

Y entonces, llegó la hora.

Ya en la primera jugada arrollamos a nuestro
adversario. Rocce pasó la pelota atrás, a Marlon, que
la envió a la punta derecha, donde estaba yo. En
los entrenamientos habíamos practicado aquella
jugada mil veces. Aceleré y, muy cerca del banderín
de la esquina, centré muy fuerte hacia el área. Allí
acechaba León, que chutó sin pensarlo dos veces.
Los suplentes saltaron de la banca, Willi se arrancó
la gorra de la cabeza, pero el tiro de León dio en el
palo, rebotó y cayó delante de mis pies. La cedí atrás
a Maxi, y Maxi Futbolín Maximilian disparó. La tra-
yectoria de la pelota era imparable, pero el portero

del Unterhaching era casi como Markus y la despejó con los puños cuando ya entraba por la escuadra.

En el contraataque, la delantera contraria se enredó en nuestra defensa. Juli Huckleberry Fort Knox se pegó a dos delanteros, peleó por la pelota y la pasó adelante a León, que, de volea, alargó el centro hasta Rocce, que estaba a la izquierda, algo más atrás. El hijo del rey brasileño desplegó su magia; era imposible frenarlo. Así que corrió directamente hacia el área del Deportivo y centró la pelota a la derecha, donde estaba yo, vigilado por dos contrarios. Aun así, fui a por el balón y lo paré en plena carrera. Los defensas no se percataron de la finta y pasaron de largo. No reaccionaron hasta que llegaron a la línea de fondo y entonces, sobresaltados, dieron media vuelta. Pero la pelota se había quedado sola enfrente de la portería. Cuando el portero contrario ya salía a recogerla, apareció Marlon, el número 10. Surgió de la nada, igual que si tuviera una capa que lo hacía invisible, y estrelló imparable la pelota contra la red.

Cero a uno. La cosa iba de maravilla. Pero el Club Deportivo Unterhaching no tiró la toalla. No, todo lo contrario. Se lanzaron al ataque sobre nuestra portería, y sólo a base de esforzarnos mucho y gracias a Markus el Invencible, que atrapó las pelotas más imparables, conseguimos mantener la ventaja hasta el descanso.

Pero era una ventaja demasiado corta. Nuestros adversarios, que tenían un año más que nosotros y nos sacaban dos cabezas de altura, exigieron su tributo. En la segunda mitad nos abandonaron las fuerzas. No importaba a quién sacara Willi: Vanesa, Jojo, Félix, Fabi, Raban, hasta Joschka. El equipo contrario era demasiado rápido y, después de quince de los veinticinco minutos que duraba la segunda parte, perdíamos dos a uno.

Y así siguió hasta cinco minutos antes del final, cuando León creó la primera oportunidad que tuvimos después del descanso. Burló a tres defensas y, ¡por las tres patas de la gran rana!, cuando estaba a punto de chutar, le hicieron una falta. Willi saltó como un resorte, pero el árbitro estaba perfectamente atento y silbó un penalti. Vanesa fue, naturalmente, la encargada de cobrarlo, pero ¿qué hizo? La envió fuera.

Nos quedamos callados. Iban a ganarnos. Habíamos perdido la oportunidad de ser los campeones de otoño. Willi me sacó en lugar de Rocce, que ya no podía más. Alenté a los demás. Después de un mal pase de los rivales en nuestro campo, robé la pelota y la centré rápidamente hacia delante. Allí estaba Fabi al acecho. Paró la pelota con la cabeza y la desvió inmediatamente hacia León que, aunque quien lo marcaba no le dejaba ni medio metro de espacio, consiguió

hacerse con ella. Cuando ya se daba la vuelta, lo tiraron, pero en plena caída empujó la pelota, como Gerd Müller una vez, al fondo de la portería.

Dos a dos y un minuto todavía. El enemigo se cerró atrás y no me quedó más remedio que hacer igual que antes de llevar los lentes: mirarme los pies. Así logré atravesar la defensa contraria, imparable como una locomotora.

No me di cuenta de dónde estaba hasta que caí, con la pelota, dentro de la red.

Daba igual. Habíamos ganado, e incluso antes de poder desenredarme de la red mis amigos se me echaron encima.

Lo habíamos conseguido y, si derrotábamos a nuestro último adversario, el Atlético Turnerkreis, podríamos ser campeones de otoño. Así que, de camino a casa, le pedí a Willi que parara el minibús en lo alto de la colina que dominaba nuestro

estadio. Les pedí a Las Fieras que salieran y nos
abrazamos todos. Allí estábamos, como una pared
poderosa, negra como la noche, con la cabeza
levantada al viento del mediodía. Entonces, cerramos
los ojos y formulamos un deseo, cada uno para
sí mismo y en silencio. Pero yo sé, y pondría mis
lentes en el fuego, que todos deseamos lo mismo.

ROSA Y PERFECTO

Después del partido contra el Unterhaching empezó
una época color de rosa. Creo que así es como lo
hubiera dicho la abuela Schrecklich, la abuela de
Vanesa. Aunque a mí me pareció demasiado rosa.

Las vacaciones de otoño habían comenzado,
por lo que teníamos dos semanas para preparar el
partido decisivo. Dos semanas que pasamos de la
mañana a la noche en nuestro estadio, jugando
y entrenando, tomando jugos de manzana con
Willi en los descansos y contándonos historias.

Les hablé de la señora Hexerich y de cómo me
fui de pinta de la escuela, del tendero que se
hizo tirar de las orejas y del taxista que aceleró
con el semáforo en rojo para ir a Tombuctú.

Y yo me enteré a su vez de la victoria contra los
Vencedores Invencibles, de los entrenamientos en la
orilla del río, de la prohibición de salir de casa, del
partido contra el Bayern, de la batalla de Camelot,

de los Departamentos Grafiti y del torneo futbolístico de cumpleaños y los zapatitos rosas de tacón alto. Sí, no había manera de librarse de todo aquel rosa.

Poco a poco, nos hicimos amigos. Especialmente León y yo, aunque Fabi seguía pareciendo un poco molesto. Estaba serio y se ponía furioso si yo miraba a Vanesa. Seguramente su sonrisa le parecía tan asombrosa como a mí. O quizá no. A él había algo que aún le parecía más asombroso: la rueda trasera, superancha, de la bicicleta Pakka de Vanesa. Sí, debía de ser eso, porque una mañana apareció muy orgulloso, montado en su bici, y se puso a dar vueltas alrededor de Vanesa como un pavo real.

No lo podíamos creer. Fabi se había comprado una rueda nueva, una todavía más ancha que la de ella. Pero ésa no era la única diferencia: la rueda de Fabi era de color rosa. No había encontrado otra. Y por lamentable que fuera, el rosa se convirtió en una epidemia.

Al principio nos reímos todos, pero al cabo de dos días ya había tres Fieras más que iban por ahí con grandes neumáticos rosas. Al final, fuimos todos, León, Marlon y yo incluidos. Claro que el que se llevó la palma fue Raban el Héroe, que siempre tenía que ser más que todos. El penúltimo día de vacaciones, después de que Vanesa ya se hubiera reído en cantidad, Raban bajó la cuesta de la colina a toda velocidad con su *mountain bike* de doce pulgadas en dirección al Caldero del Diablo.

Vimos cómo perdía el control de la bicicleta.
La rueda delantera se levantó lentamente y
Raban irrumpió en el Caldero del Diablo haciendo
el caballito sobre una rueda de tractor.

Vanesa se moría de risa, pero los demás miramos
al suelo desolados. De repente nos habíamos dado
cuenta de en qué nos habían convertido los neumáticos rosas. Todos menos Raban, que no entendió
nada y aún menos que le estuviéramos agradecidos.
Pero aunque fue el único que no cambió la rueda,
Raban el Héroe había salvado otra vez a Las Fieras.

LOS MEJORES TRUCOS DE LAS FIERAS

Existen muchas y variadas publicaciones sobre futbol: libros, periódicos, revistas, juegos de computadora... En todos ellos hallarás magníficas jugadas y consejos útiles para la práctica de este deporte.

También Las Fieras tienen jugadas maestras y trucos que compartir. Pero ya sabes, Las Fieras no son un equipo como los demás. León ya lo dejó claro en el primer libro: Las Fieras no son solamente un equipo de futbol ni su perro Sock es un suave peluche. No, Las Fieras es una pandilla de locos por el futbol que viven al límite y juegan sin complejos. Por eso inventan sus propios ejercicios de entrenamiento. Y eso es exactamente lo que encontrarás en este libro.

Éste es el ejercicio preferido de Deniz.

Para hacerlo, Las Fieras han recogido palos de escoba que colocan uno detrás de otro, siempre

separados por la misma distancia. Primero corren por en medio de ellos sin balón y luego con él. Conducen la pelota primero con la derecha, luego con la izquierda y al final con ambas piernas. Luego se miden el tiempo, naturalmente, gana el más rápido. Si hay suficientes palos, se pueden marcar dos campos y hacer dos equipos. Éste es el primer nivel. El segundo nivel consiste en poner los palos a diferentes distancias, a veces muy separados y luego juntos. Si lo quieren hacer más difícil, no los pongan los unos detrás de los otros en fila,

pónganlos unos por aquí y otros por allá. Así no sólo entrenan los *sprints* cortos, sino también el zigzag.

Para el tercer nivel necesitan cuerdas. Las cintas elásticas quedan mucho mejor y las pueden fijar a los palos de manera que tengan que saltarlas o pasar por debajo. Evidentemente, esto lo hacen primero sin balón, luego con éste y, como hemos explicado en el primer nivel, primero con la pierna derecha, luego con la izquierda y finalmente con ambas.

Llegarán al cuarto nivel haciendo lo mismo pero corriendo hacia atrás o empleando una pelota de tenis en vez de la de futbol. Y cuando logren todo esto, estarán preparados para el mejor y más salvaje ejercicio: ¡el entrenamiento de Futbol-Nintendo!

Joachim Masannek
nació en 1960; estudió
filología alemana y
ciencias audiovisuales.
Ha trabajado como cama-
rógrafo, escenógrafo y
guionista en diversas
producciones de cine,
televisión y estudios de
grabación. Es el entre-
nador de las verdaderas
«Fieras» y el responsable
del libro para niños y la
película con el mismo
nombre. Es el padre
de dos jugadores de
futbol: Marlon y León.

Jan Birck
nació en 1963, es
ilustrador y caricaturista,
colaborador en películas
de animación y director
artístico en publicidad y
películas de animación.
Vive con su mujer, Mumi,
y sus dos hijos jugadores
de futbol, Timo y Finn,
entre Múnich y Florida.

Las Fieras Futbol Club: Deniz la Locomotora,
de Joachim Masannek
se terminó de imprimir y encuadernar en julio de 2013
en Quad/Graphics Querétaro, S.A. de C.V.
lote 37, fraccionamiento Agro-Industrial La Cruz
Villa del Marqués QT-76240